KB097076

김얀

'돈알못'들을 위한 머니 트레이너.

대학에서 치기공학을 전공하고 서른 살에 작가의 꿈을 찾아 상경해 『한겨레』 온라인 오피니언 사이트 'hook'에서 연애·섹스 칼럼니스트로 글쓰기를 시작했다. 두 권의 책을 내고 드라마 작가로도 일했지만 글만 써서 먹고 살기는 어려웠다. 서른여덟에 480만 원이라 적힌 충격적인 연소득 증명서를 마주한 후 돈 공부를 결심하고 늦깎이 치과 아르바이트생으로 일하며 그해에만 100권이 넘는 경제·경영·재테크 책을 읽었다. 치과에서 일하는 2년 동안 돈 공부와 함께 다양한 소득의 파이프라인을 만들었고, 그 과정을 글로 써 『오늘부터 돈독하게』를 출간하며 재테크 에세이라는 장르를 개척했다. 어피티 머니레터, 토스 피드, 롯데카드 앱에 머니 칼럼을 연재했고, 현재는 전업 작가이자 숏폼 크리에이터로 꿈꾸던 삶을 살고 있다.

돈의 말들

돈의 말들

내일도
내 삶의 주인이
되기 위하여

김얀
지음

유유

들어가는 말
내 인생을 진화시킨 '돈' 공부

"언니는 3년 동안 성장을 넘어 진화를 한 것 같아요."

카페 테이블을 앞에 두고 캐시가 말했다. 우리는 3년 전에 에어비앤비 호스트와 게스트로 처음 만났다. 당시 나는 전형적인 '돈알못'으로 돈에 관해서는 아는 것도 없고 크게 관심도 없었다. '경제적 자유'라는 단어도 앞에 앉아 있는 캐시 덕에 알게 되었다. 우리가 어떻게 만났는지는 나의 첫 재테크 에세이 『오늘부터 돈독하게』에 자세히 나와 있고, 그 책은 『我的富翁计划』(나의 부자 계획)이라는 제목으로 2022년 10월 중국에서도 출간되었다.

돈 공부를 결심한 후 3년 동안 나는 두 권의 재테크 에세이를 썼고, '어피티 머니레터'와 '토스 피드', 롯데카드 앱 등에 필진으로 참여했다. 부천의 조그만 빌라에서 셰어하우스를 운영하면서 무엇보다 직장을 다니지 않고 하고 싶은 일에 온전히 시간을 쓰며 살고 있다. "글 써서 먹고살 수 있게 해 주세요"라는 평생소원이 3년간의 돈 공부로 이루어진 것이다.

돈 공부는 시시각각 변하는 환경에 대응하는 법과 어떻게 하면 좋아하는 일로 돈을 벌 수 있는지 구체적인 방법을 제시해 주었다. 예전에는 내가 사랑하는 글쓰기가 돈이 되지 않아 오래 괴로웠지만 지금은 글쓰기 덕에 먹고 산다. 문학적 상상력과 돈이 만나면 폭발적인 성장이 가능하다는 것을 체감했다. '성장을 넘어 진화'로 나를 이끌어 준 것은 다름 아닌 문학과 경제·경영·재테크까지 다양한 장르의 책들이었다.

이 책은 돈 공부를 하며 편식하지 않고 읽은 100권의 책에 대한 소개이자 찬사다. 본인이 경험하고 익힌 지혜와 지식을 글로 남겨 나를 구원해 준 작가들에 대한 깊은 존경으로 이 글을 시작한다.

당신에게 충분한 시간과 돈이
주어지면 무엇을 하고 싶은지
한번 잘 생각해 보라.
분명 당신은 자신이 꿈꾸는 일의
대부분이 돈을 필요로 한다는 사실에
놀라게 될 것이다.

보도 섀퍼, 『보도 섀퍼의 돈』(이병서 옮김, 에포케, 2011)

1,000,000,000

어느덧 나는 '돈'에 관한 이야기를 직업적으로 하는 사람이 되었다. '직업'이란 무엇인가. 생계를 유지하려고 지속적으로 하는 일을 말한다. 그전에도 어딜 가면 나를 작가라고 소개했지만, 그것으로 생계가 유지되지 않았으니 직업이라고 말하기는 좀 민망한 구석이 있었다.

3년 전만 하더라도 돈에 관해 내가 할 수 있는 얘기라고는 "왜 내 글은 돈이 되지 않을까?" "돈, 생각할수록 열 받는다" "돈, 그걸 굳이 알아야 되나?" 정도였다. 하지만 지금은 내가 읽은 다양한 책에서 100개의 문장을 뽑아내고 그것을 돈과 연결해 책 한 권을 엮어 낼 수도 있게 되었으니 놀랍다.

우리가 사는 자본주의 사회는 거의 모든 것이 돈과 연결되어 있다. 내가 사는 집, 내 방을 구성하는 침대와 이불, 조명, 화장품, 치약, 전기와 물까지……. 친구를 만나려고 해도 돈이 든다. 아픈 소아암 환자를 도울 때도 돈이 필요하고, 코로나19로 영업에 피해를 본 소상공인을 돕고자 만들어진 것도 코로나 지원 '자금'이었다. 넥스트 팬데믹을 막고자 세계기구를 설립한다고 해도 가장 필요한 건 결국 돈이다. 돈은 어떻게 쓰느냐에 따라 사람을 구하고 살릴 수 있다.

돈의 존재와 가치를 깨끗하게 인정하는 것. 이것이 돈 공부의 기본이다.

나의 동기부여는 내 삶에 선택지를 늘려 가는 것이다.

김경희, 『비낭만적 밥벌이』(밝은 세상, 2021)

2,000,000,000

서른여덟 살에 돈 공부를 시작했다. 이전 연도 소득은 480만 원. 드라마 대본 집필 계약금으로 받은 돈이 전부였다. 그때의 연소득 증명서는 지금도 서랍에 두고 종종 찾아본다. 그 숫자 덕에 미친 듯이 공부할 수 있었다.

예전에는 쳐다보지 않았던 재테크 책과 자기계발서·경제경영서를 읽으며, 월 200만 원을 벌려고 그만두었던 직장에도 다시나갔다. 낡은 잠바 두 벌로 겨울을 나고 남들보다 30분 일찍 출근해서 경제 신문을 읽고 주식 투자를 시작했다. 1년 동안은 동네친구 '책선생' 외에는 친구도 거의 만나지 않았다. 양말을 꿰매신고 각 방을 하우스 메이트로 채우고 거실에 파티션을 쳐 놓고거기서 생활했다. 남들 눈에는 궁상맞아 보였겠지만 더 이상 물러날 곳이 없었다. 그렇게라도 나와 내 인생을 책임지고 싶었다.

덕분에 돈 공부 2년 만에 재테크 에세이 두 권을 출간했다. 서른 살, 연애·섹스 칼럼니스트로 글을 쓰며 살던 나에게 "10년 뒤 너는 이런 글을 쓰게 될 거야"라고 말하면 분명 기가 막힌다는 표정으로 손사래를 쳤을 것이다.

월급이 너무 적다고, 나이가 너무 많다고 지레 포기하지 말고 '자산의 크기'보다 '나만의 서사'를 쌓아 나가는 것에 집중해보자. 돌아보면 그렇게나 치열하게 공부했던 시간이야말로 나와내 인생에 몰입하며 삶에 선택지를 늘릴 수 있었던 고마운 시간이었다.

남이 흉내 낼 수 없는 요소를
많이 만들어 낼수록
그 사업은 흔들리지 않고
오래 지속될 수 있다.

사카모토 다카시, 『오레노 식당』(이용택 옮김, 북앳북스, 2016)

3,000,000,000

매일 아침 경제 신문에 할애하는 시간은 한 시간이 훌쩍 넘는다. 하루치 종이 신문 한 부를 꼼꼼하게 읽는 데 50분이 걸리고, 읽은 것 중 '중요 기사 TOP10'을 선정해서 트위터로 옮기는 데 30분이 걸린다. 트위터에 경제 신문 요약을 올리는 것은 월 구독료 2만 원을 어떻게 하면 가장 효율적으로 쓸 수 있을까를 고민하다 생각해 낸 방법이다. 바빠서 신문을 읽지 못하는 이들이 요약된 뉴스를 보면 도움이 될 것 같았고, 이를 통해 시시각각 변하는 세상에 관심을 가져 보자는 의미였다.

여러 기사 중에서 주요 이슈 10개를 선정하는 것은 그리 간단하지 않다. 뉴스에도 저작권이 있기 때문에 기자들이 직접 발로 뛰어 취재한 기사는 제외하고 '사실을 전달하는' 기사 위주로 10개를 선정한다. 게다가 트위터에는 140자 글자 수 제한이 있기 때문에 핵심만 간략하게 추려야 한다. 기사 10개를 어떤 순서로 배치할지도 고민한다. 큐레이션에 따라 반응의 크기가 매일 달라진다.

이렇게 매일 아침, 나름대로 열정을 가지고 경제 뉴스를 요약한 지 어느새 1년이 지났다. 단행본 원고 마감에 집중해야 했던 한 달 반을 제외하고 평일 닷새는 빼먹지 않고 이 일을 반복했다. 아침 시간을 놓친 날은 오후 늦게라도 올렸다. 생각보다 나의 뉴스 요약 트윗을 기다리는 사람들이 많았기 때문이다. 그 덕에 1년 사이 3만 명이던 팔로어 수도 두 배나 늘었다.

전혀 예상하지 못한 결과지만 역시 타인에게 도움이 되는 것을 조건 없이 주려는 마음이야말로 가장 효과적인 마케팅임을 이렇게 또 한 번 배운다.

남의 돈을 대하는 태도가
내 돈을 대하는 태도다

김승호, 『돈의 속성』(스노우폭스북스, 2020)

4,000,000,000

20대에 나는 원장 한 명과 직원 넷이 근무하는 작은 치과에서 일했다. 전 직원 회식 날, 1차로는 고기를 먹고 2차는 직원들끼리 노래방에 가서 편하게 놀라며 원장님이 10만 원을 내밀었다. 15년 전이니 10만 원이면 과일 안주와 맥주를 시켜 네 명이 놀기에 충분한 돈이었다. 신나게 놀고도 돈이 조금 남아서 어떻게 할까 고민하다가 근처 레코드 가게에 들렀다. (15년 전에는 레코드 가게에서 CD를 사서 음악을 들었다.) 당시 치과 대기실에서는 주로 클래식 음악을 틀었는데, 늘 듣던 곡뿐이라 새로운 CD를 사면 좋을 것 같았다. 함께 있던 직원들도 동의했고, 당시 인기 있던 피아니스트 이루마의 연주 CD를 골랐다.

다음 날 출근해서 새 CD를 틀었더니 곧바로 원장님의 호출이 왔다. 처음 들어 본 노래가 나온다며 뭐냐고 질문하셔서, 어제 노래방에 갔다가 돈이 조금 남아서 CD를 샀다고 하니 엄청 기뻐하셨다. 이제까지 이런 직원은 한 명도 없었다며 고맙다고도 말씀하셨다. 생각지도 못한 칭찬을 받았던 당시에는 이게 뭐 그렇게 대단한 일인가 했는데, 나도 셰어하우스의 호스트가 되어 보니 그때 원장님의 마음이 조금 이해가 간다.

게스트임에도 내 집을 마치 제 집처럼 생각하며 알뜰살뜰 돌보는 이들이 있다. 그런 친구들을 만나면 정말 고맙고, 나도 더 잘해 주고 싶다. "머무는 곳마다 주인이 돼라"라는 말이 있다. 아마 그들은 어디서나 주인으로 살 것이다.

인맥은 지식이고,
지식은 인맥을 부른다

하야시 가즈토, 『부자 수업』(이정환 옮김, 넥서스, 2007)

5,000,000,000

독서의 효용에 대해 이야기하던 내 친구 책선생이 "어떤 책이든 그 속에 건져 갈 문장이 단 한 개라도 있다면 그 독서는 성공이다"라고 말한 적이 있다. 그 말은 내가 친구를 사귈 때의 마음과 일맥상통한다. 나는 무엇이든 장점이 하나라도 있다면, 그와 친구가 될 수 있다.

그런 의미로, 문희철은 내게 좋은 책 몇 권을 알려 준 것만으로도 이미 친구의 역할을 다 했다. 다니던 치과에서 퇴사하고 개인 사업자 등록을 준비할 때 희철은 내게 많은 도움이 될 거라며 피터 드러커의 『프로페셔널의 조건』과 레이 달리오의 『원칙』을 권했다. 경영학과를 졸업하고 창업 경험까지 있는 희철의 추천이니 주저할 이유가 없었다. 당장 서점으로 가서 책을 샀고, 그 뒤 피터 드러커와 레이 달리오는 나의 경영 구루가 되었다.

"결국 전쟁터에서는 모든 병사가 경영자가 되는 것"이라는 피터 드러커의 말처럼, 경영학은 일상과 동떨어져 있는 것이 아니었다. 우리는 이미 각자의 인생을 경영하고 있다. 성공적인 경영을 위해 꼭 필요한 것 중 하나가 '피드백 관리'라고 피터 드러커는 말했다.

성심껏 조언하며 객관적인 피드백을 건네 줄 친구들을 주변에 둘 것. 적당한 거리를 유지하면서도 관심을 놓지 않고 서로를 응원하는 친구들이 있다면 무엇을 하든 실패가 두렵지 않을 것이다.

합리적으로 생각하고,
다른 사람들도 합리적이라고
기대하라.

━━━━━━━━━━━━━━━━━━━━━━

레이 달리오, 『나만을 위한 레이 달리오의 원칙』(조용빈 옮김, 한빛비즈, 2022)

━━━━━━━━━━━━━━━━━━━━━━

6,000,000,000

돈 이야기를 자유자재로 하며 가장 좋아진 점은 더 이상 돈 이야기에 껄끄러움을 느끼지 않게 되었다는 것이다. 예전에는 월급에 관해서든 고료에 관해서든 돈에 관한 얘기를 내가 먼저 꺼내기가 어려웠다. 특히나 글 쓰는 사람이 돈 이야기를 대놓고 하면 왠지 글에 대한 순수성까지 의심받지 않을까 초조했다. 고료에 대한 이야기가 쏙 빠진 채로 도착한 원고 청탁 메일을 보면 돈 얘기를 어떻게 꺼내야 할까 늘 고민했다. 지금은 고료에 관해서든 다른 돈에 관해서든 내가 원하는 바를 정확하게 말한다.

내 시간과 노고를 들인 작업물에 정당한 대가를 받는 것은 당연한 일이고, 돈은 내가 열심히 일하는 목적 중 하나다. 어떤 일을 할 때는 서로가 원하는 바를 명확하게 이야기해야 오해가 생기지 않는다. 돈에 관해서도 마찬가지다.

숫자에 속임수는 통하지 않는다.
반대로 말하면 숫자를 애매하게
대하는 사람은 비즈니스의 성패를
얼버무린다.

겐조 도루, 『전설이 파는 법』(류두진 옮김, 위즈덤하우스, 2016)

7,000,000,000

"돈이 전부다" "비즈니스의 성패란 오직 숫자" "팔리지 않는 것에 가치는 없다." 책의 초입부터 매섭게 쏘아 대는 이 사람은 일본 '겐토샤' 출판사 대표였던 겐조 도루다. 그는 '좋은 책을 만들겠다' '더 좋은 세상을 만들겠다' 같은 두루뭉술한 말을 가장 싫어한다.

스스로를 '편집 외골수'라 말하는 그는 경영에 관해서는 아무것도 알지 못했다. 게다가 겐토샤를 창업하던 1993년에도 이미 출판업은 '가라앉는 배', 즉 사양산업이었다. 그래도 그는 본인이 사랑하는 일에 모든 것을 건다는 마음으로 압도적인 노력을 쏟았다. 본인을 믿고 글을 맡긴 작가들과 직원 5명 그리고 무명의 작가들을 위해. 결국 그는 겐토샤 설립 21년 동안 21권이나 되는 밀리언셀러●를 세상에 선보였다. 『혐오스런 마츠코의 일생』 『피와 뼈』와 『1리터의 눈물』이라는 책도 겐조 도루가 기획해 밀리언셀러가 되고 영화화되었다.

압도적인 편집자, 밀리언셀러 제조기로 불리는 그의 성과 뒤에는 작가의 신작이 발표될 때마다 닷새 안에 소감을 적어 보낸 날들, 성실히 써낸 25편의 독후감, 작가 앞에서 그의 소설 한 편을 통째로 암송한 경험과 같은 '압도적인 노력'이 있었다.

"더는 못하겠다 싶을 때부터가 진짜 노력이다" "이 정도로 노력해야 남들이 운이라고 말한다"라고 말하는 그는 그랬기에 압도적인 결과로 출판 시장을 끌어 올 수 있지 않았을까? 나 역시 무엇보다 숫자로 증명할 수 있는 사람이 되고 싶다. 그의 말처럼 그런 다음에야 남도 수월하게 도울 수 있다.

●100만 부 이상 판매된 책.

부자가 돼라.
그것이 당신이 가난한 사람들을
도울 수 있는 가장 최선의 방법이다.

월레스 딜로이스 와틀스, 『부자 마인드셋』(송여울 옮김,
슬로디미디어, 2018)

8,000,000,000

종종 세계 대부호 순위를 찾아본다. 2022년 9월 27일 '블룸버그' 기준 세계 대부호 순위를 보자.

1위가 한화로 대략 343조 원(2450억 달러●)을 기록한 '테슬라' CEO 일론 머스크, 그 뒤를 '아마존' 의장 제프 베이조스와 인도의 '아다니' 그룹 대표 고탐 아다니, 명품 그룹 'LVMH' 회장 베르나르 아르노가 잇는다. 5위는 빌 게이츠 그리고 그 뒤에는 워런 버핏이 있다. 기업의 주가에 따라 순위가 바뀌기도 하지만 보통 이 6명이 엎치락뒤치락한다.

이들 중 빌 게이츠의 행보는 조금 독특하다. 그가 마이크로소프트MS 은퇴 후 가장 먼저 낸 책은 경영에 관한 책이나 자서전이 아니었다. 『기후 재앙을 피하는 법』이라는 기후 위기에 관한 책이었다. 그 후 『넥스트 팬데믹을 대비하는 법』이라는 책을 연달아 냈다. 현재는 이혼한 배우자가 만든 '빌 앤드 멜린다 게이츠 재단'을 통해 매년 지구 환경과 세계 위생 보건에 막대한 돈을 쓴다. 놀라운 사실은 워런 버핏 역시 자산 대부분을 빌 앤드 멜린다 게이츠 재단에 기부하기로 약속했다는 것이다.

실제로 버핏은 부자들은 세금을 더 내야 한다는 부자세를 주장하는 사람이기도 하다. 자산의 크기에 맞는 대부호 마인드란 바로 이런 것이 아닐까.

복리의 법칙으로
최대의 레버리지를 얻으려면
가능한 한 장기적인 관점을
가져야 한다.

___

롭 무어, 『레버리지』(김유미 옮김, 다산북스, 2019)

___

9,000,000,000

어릴 때는 뭐든 빨리 되고 싶었다. 25세에 아쿠타가와 상을 받고 작가로 데뷔한 무라카미 류를 봐도 그랬고, 21세에 첫 음반을 발표한 에이미 와인하우스를 봐도 그랬다. 젊을 때 빨리 성공하는 것이 최고라고 생각했다. 마흔을 맞이하고 보니, 인생은 생각보다 길고 긴 경기라 서두를 필요가 없다는 생각이 든다.

2021년 아카데미 시상식이 끝난 직후, 미국 현지에서 생중계되는 기자회견을 봤다. 화면의 왼쪽에는 황금색 트로피가 놓여 있었고, 여우조연상을 수상한 윤여정이 기자들의 질문에 답하고 있었다. 염색하지 않은 회색빛 머리에 한 손에는 와인 잔을 들고 솔직하게 이야기하는 모습. 내가 생각해 온 이상적인 '어른'의 모습이었다.

그는 어느 인터뷰에서 누군가의 롤모델이 되는 것은 정말 싫다며 끔찍한 표정을 짓기도 했지만, 나는 윤여정 같은 롤모델을 얼마나 기다려 왔는지 모른다. 그를 생각하면 이제 겨우 마흔을 넘긴 나에게도 아직 얼마나 많은 시간이 남았는지 안심이 된다. 그는 지겨운 삶에 닳고 배반을 당하며, 그럼에도 꿋꿋이 자신을 지켜 내었다. 그 발걸음이 결국 하나의 예술이 된다는 것을 몸소 보여 주었다.

"내가 생각하는 사치란, 내가 좋아하는 작가와 감독의 작품이라면 돈에 관계없이 그냥 선택할 수 있는 것. 나는 환갑 이후로는 그렇게 사치스럽게 살기로 했어요"라고 말하는 윤여정. 나 역시 그와 같은 사치를 누리는 어른으로 살아갈 수 있기를.

**방향이 정확하면
속도는 문제 되지 않는다.**

김경필, 『잘 모이는 공식』(비즈니스북스, 2017)

10,000,000,000

"돈알못들을 위한 선생이라면 너도 한강 뷰 보이는 아파트 정도는 있어야 하지 않겠어?"

이 말에 대한 답은 워런 버핏 할아버지가 어느 인터뷰에서 한 말로 대신하려 한다.

"이 집은 겨울에 따뜻하고 여름에 시원하다. 나는 여기에서 행복하다. 다른 곳에서 더 행복하다면 움직일 것이지만. 이 집은 나에게 더없이 편리하고, 더 나은 집을 상상할 수 없다."

워런 버핏은 1958년에 산 오마하시 외곽의 집에서 지금도 살고 있다. 당시 그 집의 가격은 3만1500달러(한화 약 4400만 원). 현재는 약 87만7천 달러(한화 약 12억 원)라고 한다. 자산이 100조 원도 넘는 부자가 왜 더 좋은 집에 살지 않는지 궁금해하는 사람들에게 그는 위와 같이 답했다.

물론 지금 내 자산으로 한강 뷰 아파트는 어림도 없다. 하지만 남의 시선에 맞춰 무리하고 싶지도 않다. 나는 내가 사는 동네를 애정하며 작은 집에서 차곡차곡 나만의 리듬대로 돈을 모아 가는 중이다. 아마도 1년 후엔 내 명의로 된 조그맣고 따뜻한 여성 전용 셰어하우스를 하나 더 열 수 있을 것 같다. 그곳에서도 역시, 착하고 건강한 친구들과 함께 우리만의 꿈을 키워 나갈 것이다.

아무리 많은 매출을 올려도
수중에 '현금'이 없으면
2년 후 흑자 도산한다.

고야마 노보루, 『하루 수업료 350만 원!! 삼류 사장이 일류가 되는 40가지 비법』(김선숙 옮김, 성안당, 2017)

11,000,000,000

꼭 주식 투자가 아니더라도 생활하는 데 가장 중요한 것은 바로 'Cash Flow', 현금 흐름이다. 월급이 200만 원이 채 되지 않고, 시간당 최저 임금을 받는다 하더라도 매달 고정적으로 들어오는 수입은 중요하다.

일상과 인생을 유지하려면 무엇보다 현금이 막힘없이 돌아야 한다. 투자란 내가 벌어들이는 수익이 소비를 넘어서서 '잉여현금'이 발생할 때 비로소 안정적으로 할 수 있다. 나의 경우 돈 공부를 시작한 지 1년도 되지 않았을 때 자산 시장●이 폭발적으로 상승했지만, 그럼에도 "영끌해서 아파트를 사라"라는 말보다 내가 읽고 있던 책의 말을 믿었다. 중요한 건 "현재 자신의 상황에 맞는 투자"였고, 그것보다 중요한 게 "현금 흐름을 최우선으로 하라"라는 말이었다.

"하이 리스크, 하이 리턴"이란 말이 있다. 하지만 단기간에 큰 성공을 거두는 경우는 극소수라는 점을 잊지 말아야 한다. 그러려면 운도 따라야 하고, 보통은 이미 준비가 되어 있는 사람에게 그런 일이 일어난다. 그게 아니라면 오로지 그 일에 몸과 마음, 시간과 에너지를 모두 쏟아 부은 경우일 것이다.

이미 어딘가에 빠져 있는 상태가 아니라면 매일의 현금 흐름에 집중하자. '하이 리스크, 하이 리턴'을 다르게 읽으면, 하이 리턴을 포기하면 하이 리스크가 생길 가능성도 적어진다는 말이다.

● 개인이나 법인이 소유하고 있는 경제적 가치가 있는 유·무형의 재산으로 형성되는 시장으로 주식·채권·부동산 등을 포함한다.

**무조건 성공한 사람이
멘토가 아니다.**

알렉스 베커, 『가장 빨리 부자 되는 법』(오지연 옮김, 유노북스,
2021)

12,000,000,000

내 인생을 정말로 구원해 줄 사람, 안타깝게도 그런 사람은 존재하지 않는다. "내가 그런 사람이 되어 주겠다"라며 접근하는 사람은 높은 확률로 사이비 종교 단체나 다단계 업체와 관련이 있다. 특히나 돈과 관련해서는 더욱 조심해야 한다. 돈에 대해 잘 모를 때 '자산 관리사'라는 이름으로 다가오는 사람 역시 조심해야 한다. 잘 모르는 상태에서는 제대로 판단하기 어렵기 때문이다.

모르는 일을 처음 시작할 때는 계단을 한 걸음씩 올라간다는 생각으로 책이나 영상으로 기본기를 다져야 한다. 그런 의미에서 책과 영상은 가장 안전하고 든든한 멘토다. 하지만 그럼에도 굳이 '사람' 멘토를 얻고 싶다면 사회적 지위와 권위를 내세우는 사람 말고 그냥 나보다 한 계단 정도 앞서 있는 사람을 멘토로 생각하는 것이 좋다.

연봉을 높이고 싶다면 최근에 연봉 인상에 성공한 친구가 나의 멘토다. 돈을 모으는 방법을 알고 싶다면, 짠돌이 구두쇠라 불리는 친구가 최고의 멘토다. 부업으로 수입을 늘리고 싶다면 에어비앤비 호스트로 자기 집의 남는 방을 개방하고 있는 사람이 나의 선생이다.

진정한 멘토란 나와 가까이 있어 자주 만날 수 있는 사람, 당장 지금부터 시작할 수 있게 작은 변화를 도와주는 사람이다. 책도 그렇다. 돈 공부를 처음 시작하는 사람에게 좋은 책은 레이 달리오의 『변화하는 세계 질서』가 아니라 『6개월에 천만 원 모으기』 같은 책이다. 거기서부터 시작해 본인의 단계에 맞게 적절히 멘토를 바꿔 나가면 되는 것이다.

경제학 서적에 살아 있는
'이치바'市場가 등장하는 경우는
거의 없다.

야스토미 아유미, 『단단한 경제학 공부』(박동섭 옮김, 유유, 2022)

13,000,000,000

지난 3년간 여러 매체에 돈과 경제에 관한 글을 꾸준히 연재했다. 재미있는 사실은 돈과 경제에 관한 이야기를 하는 사람 중에서 나의 자산이 가장 작고 귀여우리라는 거다. 나는 돈이 없을 때부터 돈에 관한 글을 썼다. '가진 게 이것뿐인데 앞으로 어떻게 해야 하지?'를 고민하며 매주 배운 것을 토대로 글을 썼다. 독자는 그 모습을 지켜보며 함께 고민했다. 나 역시 그렇게 독자에게 의지했다.

다들 경제를 어려워한다. 그런데 우리가 먹고사는 일이 사실 다 경제다. 실제로 시장에 가면 신문에 나오는 기사를 그대로 체감할 수 있다. 사람들이 복작거리는 시장이야말로 경제의 요새이자 민심의 요체이기 때문이다. 그러니까 정치인들도 선거철만 되면 그렇게 시장에 와서 사진을 찍는 것 아닌가.

돈과 경제는 멀리 있는 것이 아니라 내 주머니 사정이라 생각하면 쉽다. 돈이 없을수록 돈과 경제에 꾸준히 관심을 가져야 한다. 모르면 부끄러워하지 말고 누구에게든 묻고 배워야 한다.

**돈 버는 첫걸음은 물건 정리.
무질서한 생활은 금전적인 문제로
나타나기 마련이다.**

요코야마 미쓰아키, 『90일 완성 돈 버는 평생 습관』(정세영 옮김,
걷는나무, 2017)

14,000,000,000

2022년 8월부터 KBS 아침 시사·교양 방송에서 짠테크● 코너 리포터를 맡았다. 노트북 앞에서 입을 닫고 조용히 문장을 조립할 때가 가장 행복한 내가 카메라 여러 대 앞에서 말을 이어 가는 데는 꽤 큰 용기가 필요했다. 하지만 전국의 짠테크 고수들을 만나 그들의 노하우를 배우고 전하는 일은 꽤 흥미로웠다. 교통비를 아끼려고 걷기 앱을 켜고 2만 보씩 걷는다는 연예인, 매일 가계부를 쓰며 본인의 감정을 되돌아보다 결국 자신의 책을 출간한 주부도 있었다.

한 가지 재밌는 사실은 그들의 집에 대체로 비슷한 분위기가 흘렀다는 것이다. 일단 실내가 단정했다. 공간을 차지하는 물건이 많지 않고 현관부터 각 방의 정리정돈이 잘 되어 있었다. 방송용이 아니라 정리정돈 습관이 몸에 밴 덕이었고 그 습관이야말로 일상을 단정하게 만들어 준 비법이었다. 일이천 원을 아껴서 큰돈을 만들어 본 경험이 있는 사람들이니 작은 것의 소중함도 잘 알았다.

재테크의 기초를 짠테크로 닦은 사람이라면 앞으로 어떤 투자를 한다 해도 크게 걱정할 일이 없을 것이란 생각을 했다. 내가 만나 본 짠테크의 고수들은 하나같이 단정하고 단단한 사람이었다.

●돈에 인색한 사람을 표현하는 단어인 '짜다'와 금융 거래를 통한 이득을 꾀하는 일인 '재테크'의 합성어.

모든 기업은 '몸집이 가벼워야'lean 한다. 즉 '아무 계획이 없어야 한다.'

피터 틸, 『제로 투 원』(이지연 옮김, 한국경제신문, 2021)

15,000,000,000

경영자들의 책을 읽어 보면 그들의 성공 요인은 결국 '어떤 일을 시작했다'는 것이다. 일명 빠른 실행력. 좋은 아이디어가 있더라도 시작하지 않으면 그것은 아무런 힘이 없다.

현재 세계 시가총액 순위 10위 이내의 회사들은 놀랍게도 젊은 사람들의 작은 아이디어에서 출발했다. 그들은 차고에서(아마존, 애플), 기숙사에서(META), 아파트 대신 사무실을 구해 YMCA 건물에서 샤워하며(테슬라) 일단 뛰어들었다.

일단 시작하면 최악의 경우 실패라도 남는다. 실패 역시 하나의 이야기로 남는다면, 그것만으로도 완전한 실패라고 볼 수는 없다.

**모든 변화가 처음에는 힘들고,
중간에는 혼란스러우며,
마지막에는 아름답다.**

로빈 S. 샤르마,『변화의 시작 5AM 클럽』(김미정 옮김,
한국경제신문, 2019)

16,000,000,000

"누나 요즘 진짜 열심히 살더라."

오랜만에 연락이 닿은 전 남자친구의 메시지였다. 10년 전 섹스 칼럼니스트로 작가 생활을 시작했을 때 만나 3년을 함께 보낸 사람이다.

"그렇지? 나 좀 많이 변했지."

나도 내가 이렇게 살게 될 줄은 몰랐다고, 하루 두 번 헬스장에 가고 천 원짜리 한 장도 소중히 펴서 지갑에 넣고 살 줄은 몰랐다고 웃었다.

예전 이야기를 하다가 "그런데 넌 내가 왜 좋았어?"라고 물으니 "누나는 항상 멋대로 살잖아요. 그게 멋있었던 것 같아"라는 답이 돌아왔다. 그러고 보니 나는 지금도 내 멋대로 살고 있다. 좀 더 제대로 멋대로 살려는 준비를 부지런히 하면서 말이다.

우리는 돈에 관한 이야기도 했다. 그는 10년 전 나를 만날 때도 좋아하는 브랜드의 기업 주식에 투자하고 있었지만, 그때는 내가 아는 게 전혀 없어 이런 대화를 나눌 수 없었다. 하지만 이제는 그가 어느 기업 이야기를 꺼내도 장단을 맞출 수 있다. 통화를 마칠 때쯤 내가 말했다.

"나는 멋있는 일을 하고 싶어."

지금 내가 열심히 사는 이유다.

"누나가 생각하는 멋있는 일이 뭔데?"

"사람들을 구하고 돕는 일?"

그러려면 일단 스스로를 구해야 한다. 돈에서도 자유로워져야 한다. 그러고 싶어서 돈 공부를 한다. 돈 걱정에서 조금 벗어난 지금은 다른 사람들을 도우려는 준비를 조금씩 하고 있다. 그렇게 여전히 내 멋대로 사는 중이다.

그가 주목한 것은 유행이 번져 가는 어느 지점에 극적으로 폭발하는 순간이 있다는 것이다. 그는 이 지점을 '티핑 포인트'Tipping Point 라고 명명했다.

말콤 글래드웰, 『티핑 포인트』(김영사, 2020)

17,000,000,000

만나면 입에서 돈 냄새가 날 정도로 돈 얘기만 하던 내 친구 책 선생이 어느 날 자못 진지한 얼굴로 말했다. "이거 잘못하면 우리 집 개 헨리가 자연사할 때까지 지구가 못 버틸 것 같은데?" 원래 그의 주 관심사는 '건물주 되는 법' '경매로 꼬마 빌딩 사기' 등이었는데 언젠가부터 건물주가 되는 꿈에는 흥미를 잃은 듯 보였다.

나와 비슷한 시기에 '반♯ 파이어●'를 하고, 직장에 가지 않는 시간에 책과 콘텐츠를 보며 공부하다 보니 기후 위기 및 지구 환경의 상황이 생각보다 훨씬 심각하다는 걸 알게 된 것이었다.

"미친 듯 돈을 번들 제대로 써 보고 죽을 수 있을지도 잘 모르겠다"라는 게 그의 말이다. 나 역시 최근 신문을 보면서 비슷한 문제를 느끼기도 했고, 평소 그가 읽는 책과 콘텐츠의 양을 알기 때문에 사태의 심각성이 더 와 닿았다. 하지만 누구나 그렇듯 당장 눈앞에 일어난 문제가 아니니 또 금방 잊혔다.

마케팅에서 흔히 사용되던 '티핑 포인트'라는 개념이 요즘은 기후 위기를 이야기할 때 많이 쓰이고 있다. 현재 지구 온도 상승의 티핑 포인트는 섭씨 1.5도라고 한다. 지금 이 속도라면 그 티핑 포인트까지 30개월도 채 남지 않았다. 그 뒤로는 우리에게 어떤 일이 벌어질지 아무도 모른다. '티핑 포인트'의 의미를 곱씹으며, 하루 빨리 행동해야 한다. 이건 돈과도 직접적 관련이 있다. 돈 그리고 생존의 문제다.

●FIRE: Financial Independence Retire Early. 경제적 독립을 이뤄 일찍 은퇴하는 것. 30대 말이나 늦어도 40대 초반까지는 은퇴하겠다는 목표로 20대부터 소비를 극단적으로 줄이며 은퇴 후 생활자금을 마련하는 이들을 가리킨다.

사람들은 이제 당신이
무엇을 만드느냐가 아니라
당신이 무엇에 신경을 쓰느냐에
관심이 있습니다.

필립 코틀러, 『마켓 3.0』(안진환 옮김, 타임비즈, 2010)

18,000,000,000

몇 년 전까지만 해도 세계적으로 핫한 스파● 브랜드에 관한 책과 그 경영자들의 책을 찾아 읽으며 감탄하곤 했다. 그러나 환경 문제에 관심이 생기기 시작하니 모든 것이 달리 보이기 시작했다. 그들은 자본주의에서는 성공적인 경영자일지 모르나 지구의 입장에서는 1급 환경 파괴범일 수 있다. 자본주의적 성공과 지구 환경의 문제는 함께 갈 수 없다.

세계는 변하고 있다. 세계 4대 빅 테크 기업(아마존, 구글, 마이크로소프트, 페이스북)은 이미 탄소 제로 행보를 시작했다. 빅 테크 기업에서 전기를 가장 많이 쓰는 곳은 데이터 센터다. 365일, 24시간 전기가 돌아야 하는 데이터 센터는 그 열을 식힐 냉각 장치의 전력까지 더해 상당한 양의 탄소를 배출할 수밖에 없다. 이를 막고자 이 기업들은 이미 재생 에너지로 전기를 얻고 심지어 다양한 재생 에너지 사업에 투자하고 있다. 구글의 모기업 알파벳은 2030년까지 전체 사업을 무탄소로 운영하는 것을 넘어 물 안보와 생태계를 지원하는 '워터 포지티브'water positive를 목표로 삼았다.

ESG●● 경영의 원조라 할 수 있는 파타고니아의 회장 이본 쉬나드는 2022년 4조 원이 넘는 회사의 지분을 환경 단체에 기부했다. "이제 지구가 우리의 유일한 주주"라는 말과 함께 파타고니아의 소유권은 그 환경 단체와 관련 비영리 재단으로 이양되었다.

●SPA: Speciality retailer of Private label Apparel. 상품 기획, 디자인, 생산, 제조, 유통, 판매 등 전 과정을 하나의 업체가 관리하는 형태로 운영되는 의류 업체. 의사결정이 빠르고 유통 경로가 짧아 빠른 속도로 저렴한 의류 상품을 만들어 낸다.

●●기업의 비재무적 요소인 환경(Environment)·사회(Social)·지배구조 (Governance)를 뜻하는 말로, 지속 가능 경영 성과를 달성하기 위한 핵심 요소로도 통용되며, 그 성과를 비교·측정·평가하는 지표로도 쓰이고 있다.

사람들은 가장 많이 아는 사람을 찾습니다. 당신이 알고 싶은 정보를 가진 사람을 찾아 가는 거죠. 그런 사람들에게 배우면 내면에 숨어 있는 열정에 불을 지필 수 있는 연료가 생기고 원하던 모습을 이룰 수 있어요.

데이비드 코트렐, 『굿 멘토』(박은지 옮김, 필름, 2021)

19,000,000,000

넷플릭스 다큐멘터리 『인사이드 빌게이츠』에서 내가 가장 좋아하는 장면은 빌 게이츠와 워런 버핏이 동네 햄버거 가게에 앉아 도란도란 이야기를 나누며 식사하는 장면이다. 두 사람은 멘토와 멘티로 만났다가 지금은 둘도 없는 친구가 되었다. 건방지고 악독한 이미지의 젊은 기업가 빌 게이츠가 워런 버핏을 멘토로 삼은 이유는 어디에서도 할 수 없는 대화를 나눌 수 있는 사람이었기 때문이라고 한다. 항상 그런 대화 상대를 기다려 왔다고. 화면으로 보이는 두 사람의 대화에서는 신의의 눈빛이 느껴진다. 실제로 워런 버핏의 자산 대부분은 빌 게이츠의 재단에 기부될 예정이다.

나와 동네 친구 책선생도 가끔 그들 흉내를 내고 싶을 땐 햄버거 집에 간다. 세계 대부호 따라잡기, 이 얼마나 간단한가. 물론 우리 자산은 그들에게 '병아리 모이'만큼도 안 되겠지만, 그들의 마인드는 따라할 수 있다.

우리 사회가 어떻게 돌아가는지, 어떤 문제가 있는지, 어떤 기업이 돈을 벌고, 가진 돈은 어떻게 쓰는 것이 좋을지에 관한 이야기까지. 우리는 매일 신문과 책을 읽고 각자 보고 들은 것에 대해 토론한다. 그것을 영상으로 찍어 유튜브 채널 '김얀스쿨 오전반'에 올려 구독자들과 공유한다. 이렇다 할 명함도 지위도 없고 남들 눈엔 동네 백수들의 대화로 보일 수도 있겠지만, 우리는 각자의 자리에서 맡은 일을 하며 꾸준히 공부한다.

책선생이 말하는 본인 인생 최고의 가치는 '성장'이고, 내 인생 최고의 가치는 '즐거움'이다. 우리는 각자의 가치를 위해 매일 꾸준히 공부하며 돈과 시간을 쓰는 중이다.

'포기하지 않는 나'는 어떻게 만들어지는가.

앤절라 더크워스, 『그릿』(김미정 옮김, 비즈니스북스, 2016)

20,000,000,000

'그릿'이란 '장기 목표에 대한 인내와 열정'이라고 정의된다. 인내와 열정, 끈기를 타고난 사람도 있겠지만, 일단 나는 아니다. 어린 시절, 끈기 테스트로 유명한 마시멜로 실험에 참가했다면 나는 분명 1초도 참지 않고 먹어 버렸을 것이다. 심지어는 조용히 눈을 감고 기다리는 옆자리 친구의 마시멜로까지 몰래 먹어 버리고 시치미를 떼었을 것이다. 나는 그런 인간이었다. 다행히 지금은 스스로를 꽤 컨트롤할 수 있다고 자신하지만, 그것은 내가 좋아하는 일을 찾았고 현재 그 일을 하고 있기 때문이다. 고로 끈기와 열정을 가지려면 좋아하는 것을 찾는 것이 먼저란 생각이 든다.

돈 걱정, 아니 대부분의 걱정은 으레 '나는 왜 이렇게 끈기가 없을까. 뭐든 왜 매번 작심삼일일까?'라는 자책으로 이어진다. 이렇게 괴로워하는 친구들은 아직 좋아하는 일을 찾지 못했거나 그 일이 직업이 되지 못해서 그럴 확률이 크다. 그러니 너무 자책하지 말고 내가 좋아하고 잘할 수 있는 일부터 고민해 보자.

긱 경제를 받아들일 때
비로소 긱 워커로 성공할 수 있다.
긱 워커(독립형 근로자)가 되면
자유를 누리며 유연하게
근무할 수 있고, 주도적이고
창의적으로 경력을 쌓을 수 있다.

토머스 오퐁, 『긱 워커로 사는 법』(윤혜리 옮김, 미래의창, 2019)

21,000,000,000

내가 운영하는 1인 기업 '퍼시몬'의 주 사업은 콘텐츠 제작이다. 직원이자 사장인 나는 연재처에 글을 납품하거나 강연을 하고, 숏폼 채널과 유튜브에 영상을 제작해 올린다. 고로 나는 작가이자 PD인 동시에 출연자이고, 편집과 마케팅까지 책임지고 있다. 내가 사는 집은 여전히 셰어하우스로 운영 중이니 집안일 역시나의 또 다른 업무다. 이러니 시간을 아끼는 것이 곧 돈을 아끼는 것임을 매 순간 실감한다.

아직 사업을 크게 확장할 생각은 없지만, 조금 더 발전하려면 다른 사람의 손과 머리가 필요했다. 그래서 숏폼 채널은 담당영상 편집자를 구했다. 『오늘부터 돈독하게』의 독자로 만나 친구가 된 그는 예전부터 나의 어설픈 영상 편집을 안타까워하며본인이 만든 섬네일을 보내 주기도 했다. 독자와 작가로 시작된인연이 이렇게 거래처 관계로 확장되었다는 것이 신기하다. 내글을 읽던 독자에게 '입금'을 해 줄 수 있다는 사실에 매달 보수를지불할 때마다 행복하다.

지난여름, 내가 만든 소규모 모임 '머니 앤 아트' 친구들과도함께 일을 벌인 적이 있다. 친구가 마장동에 '엑셀 플레이스'라는식당을 열며 가게 내 벽화를 그릴 작가를 찾았고, 그 소식을 들은내가 머니 앤 아트에서 그림 작가를 모아 임시 팀을 꾸렸다.

잘하고 좋아하는 일로 돈을 번다는 것은 언제나 즐겁다. 1인기업 퍼시몬은 이렇게 내 주변 사람들과 그때그때 협업하며 돈버는 방법을 찾고 있다. 얼떨결에 긱 워커 방식을 선두하는 스타트업이 되어 가는 중이다.

**즐거운 위험에서
모든 것이 시작된다.**

레이 크록, 『사업을 한다는 것』(이영래 옮김, 센시오, 2019)

22,000,000,000

"남자는 40대에 가장 멋있다"라는 말을 자주 들었다. 남자 나이 마흔이 되면 본인의 일에 어느 정도 성과가 나기 시작하고 따라서 자신감과 여유가 생긴다고 말이다. 내가 40대가 되고 보니 그와 같은 이유로 여자도 40대에 가장 멋있다.

40대가 되며 확실히 느낀 것은, 이제는 어떤 일이든 용기 있게 시작할 수 있는 내면의 힘이 생겼다는 것이다. 20~30대를 거치며 쌓은 다양한 경험이 노하우가 되고, 시간이 지나면서 자연히 늘어난 주변인들의 도움으로 일이 훨씬 수월하게 시작되는 경우가 많다. 사회생활을 계속하다 보니 자연스럽게 사회에 영향력도 생겼다. 어릴 때 주변 어른들의 말에 따르면 결혼을 하지 않으면 큰일이 날 것 같았는데 결혼하지 않은 지금 나는 충분히 행복하다. 여자들은 어릴 때부터 '젊음'이나 '아름다움'에 대한 압박으로 나이 드는 것을 긍정하기보다 부정적으로 생각하는 경우가 많다. 사회 전반적으로 그런 분위기를 피할 수 없다. 하지만 막상 40대가 되어 보니 놀랍게도 나이에서 오는 자신감이 생겼다. 여기까지 꿋꿋이 살아 낸 나를 자연스레 존중하게 된 것이다.

소설가 박완서는 마흔에 소설을 쓰기 시작했다. 맥도날드 CEO였던 레이 크록이 프랜차이즈 사업에 뛰어들었던 나이 역시 52세다. 전 세계에서 가장 많은 돈을 굴리는 세계적인 CEO들의 평균 나이는 55세라고 한다. 그러니 여자 나이 마흔은 여전히 젊고 뭐든 할 수 있는 나이다. 매년 먹는 나이와 함께 그런 마음을 먹는다면!

수백 명의 타이탄을
만날 때마다 나는 물었다.
"당신들은 아침에 일어나면
뭘 합니까?"

___

팀 페리스, 『타이탄의 도구들』(박선령·정지현 옮김, 토네이도, 2017)

___

23,000,000,000

'모닝 페이지' 쓰는 습관을 새로 들였다. 여기저기서 좋다는 이야기는 많이 들었지만, 아직은 내 창작 역량이 충분하다는 생각에 흘려들었다. 그러다 천계영 작가의 웹툰 특강에 갔다가 완전히 마음을 뺏겼다. 그도 종종 빼먹긴 하지만 효과를 경험한 후 꾸준히 하고 있다는 말을 듣고, 먼저 '모닝 페이지'를 안내하는 책 『아티스트 웨이』를 샀고 다음 날 아침부터 쓰기 시작했다.

모닝 페이지에서 가장 중요한 것은 일단 그냥 떠오르는 생각을 노트에 신나게 '갈겨 쓰는' 것이다. 누구에게도 보여 줄 글이 아니기 때문에 완벽하지 않아도 된다. 나는 원래 문장 한 줄을 쓰는 데도 시간이 굉장히 오래 걸리는 타입이다. 잘 써야 한다는 생각이 너무 강해 시작이 어려운 타입으로, 한 문단을 쓰는 데 몇 시간이 걸리기도 한다. 그런데 모닝 페이지는 평가 받는 글이 아니다 보니 정말 세 페이지를 단숨에 채워 버렸다. 놀라운 경험이었다. 그러면서도 그 노트 속 군데군데에서 좋은 아이디어와 문장을 발견할 수 있었다. 신기한 경험이었다. 모닝 페이지를 이미 1년째 쓰고 있다는 친구는 이 일이 심신 안정, 스트레스 해소에도 많은 도움을 준다고 했다.

생각보다 많은 사람이 이미 모닝 페이지를 쓰고 있었다. 역시 남들이 좋다고 하는 건 일단 한번 해 볼 필요가 있구나 싶다. 해 보고 나서 나와 맞지 않으면 그때 버리면 된다. 여러 사람이 입을 모아 좋다고 하면 한번쯤 귀기울여 그 말을 들어 보자. 그러는 데는 역시 이유가 있다.

모든 일에는 시간이 필요하다.
시간이야말로 단 하나의 참다운
보편적인 조건이다.
모든 일은 시간 속에서 일어나고
시간을 소모한다. 그런데도
대부분의 사람들은 이 독특하고
대체 불가능한 필수 자원을
당연한 것으로 취급한다.

피터 드러커, 『피터 드러커의 자기경영노트』(조영덕 옮김,
한국경제신문, 2020)

24,000,000,000

시간을 어떻게 쓰느냐는 말은 때때로 돈을 어떻게 쓰느냐는 말보다 중요하다. 문득 제대로 된 시간 관리가 필요하단 생각이 들어 내가 하루를 어떻게 쓰는지 기록해 본 적이 있다. 직접 써 보면 생각보다 '흘려보내는 시간'이 꽤 많다는 것을 알게 된다. 아래는 단행본 마감이 며칠 남지 않은 어느 날, 내가 기록한 '하루 시계부'다. 이때는 이미 여러 방법을 연구해 본 뒤라 시간을 꽤 효율적으로 쓰고 있었다. 덕분에 2022년에 나는 단행본 세 권을 집필할 수 있었다.

06:25 기상.

06:30 누운 채 기지개만 켜고 뒹굴거리며 아침 시간 즐기기.

06:50 물 한 잔 마신 후에 모닝 페이지 쓰기.

07:30 세수한 후 집 근처 카페로 외출.

07:50 카페 도착. 밀크티 마시며 신문 읽기.

08:30 단행본 원고 쓰기.

10:30 바깥바람 쐬며 산책.

11:00 단행본 원고 쓰기.

12:30 귀가. 세탁기 돌려 놓고 점심 식사. 낮잠.

14:00 옥상에 빨래 널기.

14:30 도서관 도착. 단행본 원고 쓰기.

17:50 도서관에서 나와 저녁 먹은 후 서점 쪽으로 걷기.

19:00 다시 집. 유튜브 보면서 빨래 개기, 방 청소.

20:00 필라테스 후 샤워.

21:30 집 도착. 쉬면서 유튜브, sns 살피기.

22:30 내일 쓸 원고 체크 후 가방 정리.

23:00 독서.

24:00 잠들 준비.

'형식을 통해 마음에 이른다'는 말이 있다. 이는 형식이 완성되면 이후에는 자연스럽게 마음이 뒤따른다는 말이다.

고야마 노보루, 『아침 청소 30분』(박미옥 옮김, 소담출판사, 2010)

25,000,000,000

올바른 짠테크는 무작정 돈을 아끼기만 하는 것이 아니다. 불필요한 소비를 줄여 낭비를 막고, 무분별한 소비 욕구를 스스로 컨트롤하는 능력을 기르는 것이다. 무엇보다 가장 쉽고 빠르고 안전한 재테크이기도 하다.

　나도 짠테크라는 걸 해 보고 싶은데 어디서부터 시작해야 할지 모르겠다는 분들에겐 지금 당장 '지갑 정리'부터 해 보시라고 말씀 드린다. 아마도 지갑이 각종 영수증과 카드, 쿠폰으로 빵빵해져 있는 경우가 많을 것이다. 일단 그 모든 내용물을 빼고, 쓰레기통 위에서 지갑을 깨끗하게 한 번 털자. 그다음 정말 필요한 카드 한두 개만 남기고 나머지는 잘라 버리거나 다른 곳에 모아 두자.

　지갑 정리의 장점은 지금 당장 시작해서 10분 만에 끝낼 수 있다는 것이다. 그 말인즉, 10분 만에 뭔가를 실행하고 완성했다는 성취감을 얻을 수 있다. 당장 눈에 보이는 작은 성과는 자신감과 도전 정신을 키워 준다. 오늘 지갑 청소에 성공했다면, 다음 날은 책상 정리에 도전해 보자. 이런 식으로 시간이 날 때마다 화장대, 옷장, 신발장을 정리하며 꼭 필요한 물건만 남기고 버리자. 버릴 때는 중고 거래 앱이나 아름다운가게에 기부해서 자원이 순환하도록 하자. 중고 거래 앱에 팔면 용돈도 생기고, 아름다운가게에 기부하면 연말 정산용 기부금 영수증을 발급받을 수 있다. 나에게 필요 없어 방치되어 있던 물건이 누군가에겐 필요한 물건이 되어 사용된다는 것은 그 자체로도 멋진 일이다. 이렇게 나와 내 주변과 지구 환경까지 살리는 똑똑한 재테크가 바로 짠테크다.

돈에 대한 당신의 생각이
당신의 경제적인 미래를 결정한다.

하브 에커, 『백만장자 시크릿』(나선숙 옮김, 알에이치코리아, 2020)

26,000,000,000

재력은 재물 재財에 힘 력力을 쓴다. 그러니 재력가란 '재물의 힘', 즉 재물이 많은 사람이다. 그런데 '재'로 발음하는 한자가 몇 가지 더 있다. '재주' 재才와 '재목' 재材.

나는 여기서 '재목의 힘'을 가진 사람이야말로 진정한 재력가라고 생각한다. 재력材力이란, '어떤 일을 감당할 수 있는 능력'이다.

내가 즐겨 보는 몇몇 유튜브 채널의 크리에이터들은 대체로 젊은 나이에 이미 자기 콘텐츠로 돈을 많이 벌고 있음에도 항상 "제가 아직 부자는 아니지만"이라고 민망한 듯이 말한다. 하지만 그들은 이미 멋진 재목材木으로서의 재력가다.

단순히 돈이 많은 재력財力가들이 쫄딱 망했다는 경우는 몇 번 들어봤지만, 재력材力을 가진 사람이라면 쫄딱 망하기는 어려울 것이다. 망하더라도 사람까지 망가지는 일은 없을 테니까.

요약하자면 우리의 문제는 모두 한 가지, 즉 '미래는 예측하기 힘들다'로 귀결된다.

조엘 그린블라트, 『주식 시장을 이기는 작은 책』(안진환 옮김, 알키, 2011)

27,000,000,000

작가로서 일이 잘 풀리지 않았던 서른 중반. 밤마다 자주 울었다. '인생을 걸고 하는데 왜 이렇게 안 되지?' 살면서 최초로 열정을 다해 쓴 책이 1쇄도 팔리지 않자 너무 괴로웠다. 드라마 집필을 계약하고 대본을 쓸 때는 날마다 108배를 올리고 도서관으로 향했다. 그럼에도 제작까지 이어지지 못했다. 좌절감과 패배감으로 정신을 차릴 수 없을 때 나를 붙잡아 주던 말은 다름 아닌 주식 멘토의 한마디였다.

"걱정하지 마라. 언젠가 한 번은 간다."

특정 종목에 대한 코멘트였는데 마치 나에게 하는 말 같았다.

"그 종목에 대한 확신이 있다면 주가가 떨어지거나 당장 오르지 않아도 걱정할 필요가 없다. 언젠가 한 번은 분명 상한가를 치는 때가 온다."

내가 만약 주식의 한 종목이라면 나는 나를 믿고 투자할 수 있을까?

"저는 진짜 열심히 했거든요? 근데 책이 너무 안 팔려요. 이걸로는 먹고 살 수가 없어요. 제가 좋아하고 잘하는 일이 돈이 안 되니까 너무 괴로워요."

"너무 열심히 하지 마라. '열심'熱心이라는 한자를 보면 심장에 열이 난다는 건데, 그러면 오래 할 수가 없거든? 무리하지 말고 조금씩 계속해 나가는 게 중요하지. 그러다 보면 언젠가는 기회를 잡을 수도 있을 거다."

그러고 보니 글쓰기도 스스로 믿음을 갖고 조금씩, 꾸준히 모아 나가는 게 중요했다. 마치 주식의 한 종목처럼, 스스로를 저평가된 우량주라고 생각하니 버틸 힘이 생겼다.

주식과 인생의 매력이라면 역시 '불확실성과 우연'으로 생겨나는 이런 기회들이 아닐까. 장담하건대, 우리는 '예측 불가능'이라는 이름으로 여러 번의 기회와 만날 수 있을 것이다.

**불확실성에 대한 자신감은
반드시, 자존심이 된다.**

애니 듀크, 『결정, 흔들리지 않고 마음먹은 대로』(구세희 옮김,
에이트포인트, 2018)

28,000,000,000

'인생은 도박'이라는 말에 동의하는 이유는 생각보다 불확실한 미래에 베팅해야 할 때를 자주 만나기 때문이다. 나름대로 최고의 의사결정을 내리고도 '운'이라는 요소 때문에 뒤통수를 맞기도 한다. 하지만 다행히 포커도 인생도 단 한 번의 베팅으로 끝나 버리는 경우는 잘 없다. 포커에서는 보통 한 게임이 진행되는 2분 동안, 대략 스무 번의 의사결정을 하게 된다. 그렇기에 한 번의 베팅이 나쁜 결과를 가져왔다 하더라도 이내 다음 의사결정의 순간을 만날 수 있다.

"좋은 결정은 경험에서 온다. 그리고 그 경험은 나쁜 결정들에서 온다"라는 마크 트웨인의 말처럼 나쁜 결정 역시 다음의 결정에 좋은 길잡이가 되어 줄 수 있다.

'베팅'이라는 말의 어감이 무모하고 공격적으로 느껴질 수도 있지만, 오늘 누구와 어디에서 저녁을 먹을지, 내일 누구와 데이트를 할지, 올해 어떤 일에 내 시간과 에너지를 쏟을지 등을 정하는 것 역시 결국 베팅이다. 그러니 매 순간을 두려움보다 변화의 기회로 생각하며, 이번 베팅에 실패했다고 좌절하지 말고 다음 순간을 또 기대하자!

**자수성가한 백만장자의
57퍼센트가 사업을 시도한 뒤
최소 한 번은 실패한다고 말했다.**

앤 마리 사바스, 『오직 스스로의 힘으로 백만장자가 된 사람들의
52가지 공통점』(김미정 옮김, 스노우폭스북스, 2018)

29,000,000,000

그동안 내가 했던 '실패들'에 대해서 생각한다.

2년 가까이 드라마 대본을 썼지만 결국 입봉에 실패했다. 최선을 다해 썼던 자전 소설은 1쇄도 채 팔지 못했다. 1년 넘게 운영 중인 유튜브 채널은 수익 창출이 가능한 시청 합계 4천 시간의 벽을 아직도 넘지 못했다. 팬데믹의 한가운데 7년 사귄 타국의 애인과 헤어졌다. 그 외 다양한 실패를 통해 지금의 나로 살고 있다.

하지만 연 소득 증명서에 찍힌 480만 원의 충격이 결국 돈 공부를 시작하게 했고, 첫 소설을 통해 내 안의 작은 세상에서 스스로 빠져나올 수 있었다. 구독자 수에 상관없이 꾸준히 유튜브 채널을 유지한 덕분에 '카카오 숏폼' 파트너로 초청 받을 수 있었다. 무엇보다 다양한 사람을 만나고 여러 일을 하면서도 지치지 않았던 건 '연애 중'이 아니었기 때문이다. 크고 작은 실패는 결국 성공으로 가는 과정이라는 것을 이제는 안다.

알리 타마세브의 『슈퍼 파운더』라는 책을 보면, 200곳 이상의 스타트업 창업자 중 60퍼센트가 앞서 다른 스타트업을 창업한 경험이 있다고 말했다. 처참한 실패를 경험한 이들도 많았다. 2022년 세계 1위 부자에 등극한 일론 머스크 역시 많은 실패를 겪으며 여기까지 왔다. 특히 스페이스X의 '팰컨1'은 지구 궤도에 진입한 최초의 민간 우주선이 되기까지 세 번 실패했다.

일론 머스크는 팀원을 뽑을 때 반드시 이 질문을 던진다고 한다. "지금까지 해 온 일과 그 일을 하며 겪은 문제 중 가장 어려웠던 것이 무엇입니까? 그걸 어떻게 극복했습니까?" 정말로 어려운 문제에 직면해 본 경험이 있고 그걸 해결해 본 사람을 뽑는 것이 가장 중요하다고 그는 말했다. 학력에 관해서는 "고등학교 졸업장은 없어도 상관없다"라고 하며 말이다.

세상을 바꿀 수 있다고 믿는 사람은 눈빛부터 다르다.

하대석, 『드위트리 스토리』(혜화동, 2018)

30,000,000,000

일론 머스크를 다룬 다큐멘터리 중 『리턴 투 스페이스』의 한 장면을 자주 찾아본다. '팰컨1' 발사를 세 번째 실패하고 정말로 마지막이라 생각하며 네 번째 발사를 앞둔 장면. 그때 일론의 얼굴에는 본인이 가진 모든 돈과 에너지를 다 건 사람의 초조한 표정이 비치는데 그 장면을 볼 때마다 생각한다.

나는 과연 어떤 일에 내가 가진 모든 것을 쏟을 수 있을까?

과연 그런 일과 만날 수 있을까?

결국 그런 도전이 지금의 그를 세계적인 대부호로 만들었을 것이다.

다른 사람이 가기 싫어하는 곳에
가라. 다른 사람이 하기 싫어하는
일을 먼저 하라. 그것이 시작이다.

조 지라드, 『누구에게나 최고의 하루가 있다』(김명철 옮김, 다산북스,
2012)

31,000,000,000

영업 일을 하는 친구들이 책을 추천해 달라고 하면 늘 이 책을 권한다. 세계적인 영업왕 조 지라드. 자동차 세일즈로 12년 연속 기네스북에 오른 사람이라 하면 더 이상 무슨 말이 필요하겠는가. 내용도 아주 훌륭하다. 평소 영업자들을 막연히 어려워하던 나조차도 책을 읽고 나니 "훌륭한 세일즈에는 패자가 없다"라는 그의 신념에 고개를 끄덕일 정도였다.

사실 그의 비법은 그리 특별한 게 없다. '고객 한 사람 한 사람을 진심으로 대하라' '누구보다 일찍 출근하고 부지런히 일하라' 같은 뻔한 지침을 자기 자리에서 성실히 따랐을 뿐이다. 물론 책에는 '조 지라드 250의 법칙'과 '키 맨 제도' 같은 비법도 등장한다. 하지만 그를 헨리 포드와 함께 '미국 자동차 명예의 전당'에 오르게 한 건 특별한 게 아니었다.

모두가 알고 있지만 실천하지 않는 심심한 진리를 자기만의 노하우로 꾸준히 이어 간 것. 그뿐이었다.

그가 나를 진실하게 대했으므로 나도 그를 진실하게 대할 수밖에 없었다.

가이 스파이어, 『워런 버핏과의 점심 식사』(이건 옮김, 이레미디어, 2015)

32,000,000,000

"마흔 전까지는 자기가 일하는 분야에서 전문가가 되고자 노력하는 시간을 가져야 한다."

내게 이런 말을 해 준 사람은 현재 나의 주식 멘토이자 과거 일하던 치과의 원장이었던 JHK다. 그는 항상 "본인의 일에 정직하고 최선을 다하는 사람이 가장 멋있다"고 말씀하셨다. 그러면서 작은 에피소드 하나를 들려주셨다. 어느 날 백화점 구두 매장을 구경하다가 덜컥 신발 한 켤레를 산 적이 있다고. 자기 일에 자부심을 갖고 최선을 다해 눈앞의 신발에 대해 설명하던 직원에게 감동을 받고 생각지도 않은 지출을 했다고 말이다. 계획에도 없던 쇼핑이었지만, 신발 한 켤레 사 주는 게 그리 부담되는 일이 아니니 기분 좋게 사서 나왔고 지금도 잘 신고 있다고 하셨다.

본인의 일에 최선을 다해 소비자를 감동시킨 직원도 멋있었지만, "신발 한 켤레 사 주는 게 나에게는 크게 부담되는 일이 아니니"라는 원장님의 말씀이 더 신선했다. 나 역시 그런 사람이 되고 싶다. 최선을 다해 자기 일을 하는 사람을 만나면 흔쾌히 그의 성취를 도울 수 있는 사람. 그런 사람이 되려고 나도 내 일에 매일 최선을 다하는 중이다.

너 자신을 알라.

권오현, 『초격차』(쌤앤파커스, 2018)

33,000,000,000

"너 자신을 알라"라는 말을 조금 유식하게 바꾸면 '자기 객관화를 잘해야 한다'라고 할 수 있을 것이다. 자기 객관화는 돈 공부에서 아주 중요하다.

자산 관점에서 보면 나는 20~30대를 허송세월했다. 하지만 인생 전체를 보면 그 시간은 내 감정에 대해 끊임없이 연구했던 시기로, 꼭 필요했다. 내가 무엇을 좋아하는지, 어느 때 행복감을 느끼는지, 결국은 어떤 사람이 되고 싶은지 고민했고, 덕분에 글쓰기를 제대로 배워 본 적 없지만 용기를 내어 작가의 꿈에 도전할 수 있었다.

모두가 서울의 아파트를 원할 때 경기도 부천의 구축 빌라를 산 것도 그게 내 상황에 맞았기 때문이다. 서른여덟 살에 시드머니라곤 전세 보증금에 포함된 3천만 원이 전부였던 나는 월 200만 원을 받는 아르바이트생이었다. 그때 작가답게 '주제 파악'을 잘한 덕에 다른 사람들과는 조금 다른 방식으로 안전하게 돈 모으기를 시작했다.

꾸준히 돈이 모일 때도 그랬다. 매달 버는 돈이 늘 때마다 신기하게 욕심도 따라 커졌다. 수입이 늘수록 더 많이 벌고 싶었다. 욕심이 자라나서 나를 괴롭힐 때마다 적절히 브레이크를 밟을 수 있었던 건 역시나 작가라는 정체성이 나를 잡아 주었기 때문이다. 내가 돈 공부를 시작한 것은 편안한 마음으로 돈 걱정 없이 글을 쓰고 세상에 대한 호기심을 잃지 않기 위해서였다.

항상 그 마음을 잊지 않으려 노력한다. 그 덕에 지금도 건강한 몸과 마음을 유지하며 하고 싶은 일을 하며 산다. 돈 공부를 위해서나 즐거운 인생을 위해서나 '나는 어떤 사람인지'에 대한 명확한 '자기 인식'이 필요하다.

섞어라! 기적이 생긴다.

안성은, 『믹스』(더퀘스트, 2022)

34,000,000,000

나는 명함을 가지고 다니지 않고, 주로 출판사나 내게 먼저 글을 요청하는 이들과 일한다. 연애와 섹스 관련 칼럼을 쓰다가 돈에 관한 글을 쓰면서부터는 제안서를 고르는 일이 더 많아졌다. "돈을 벌려면 돈이 모이는 곳으로 가라"라는 말이 있듯 돈은 돈을 이야기를 하는 곳으로 모였다. 원고료는 연애 칼럼을 쓸 때보다 3배가량 올랐다.

한때는 경제 전문가가 아닌 나에게 어떻게 일이 이렇게나 들어오는지 의아했다. 물어보면 경제 전문가가 아니라서 더 좋다는 답이 돌아왔다. 실생활에 정말로 필요한 돈 이야기를 쉬운 말로 재미있게 풀어 줄 사람이 거의 없다고 했다. 그동안 경제에 관련된 글은 너무 어려워서 읽는 사람이 오히려 경제와 금융에 더 담을 쌓게 했다고 말이다. 나 역시 동의한다. 동시에 글 쓰는 작가들이 돈에 대해 더 관심을 가졌으면 좋겠다고도 생각한다.

글을 쓸 수 있다는 것은 구성과 기획에 탁월한 능력을 가졌다는 말이다. 매력적인 스토리를 만드는 능력은 요즘 시대에 특히 더 폭발적인 힘을 발휘한다. 브랜딩 또는 마케팅 면에서도 글쓰기 능력은 최고의 무기다. 책을 읽고 글을 쓰는 능력은 통찰력을 기를 수 있는 가장 효과적인 방법이기도 하다.

아직도 돈과 자본주의를 미워하는 예술인이 꽤 있지만, 기본 생활을 유지하기 위해서라도 이것들과 떨어질 수는 없다. 돈과 자본주의가 마냥 나쁜 것은 아니란 걸 나도 돈 공부를 하며 깨우쳤다. 사람이 모이는 곳에는 어디라도 문제가 생기기 마련이며, 그것을 고치려면 그것에 대해 깊이 생각하는 사람이 늘어나야 한다. 그러기 위해서라도 '돈'에 대해 읽고 쓰고 생각하는 사람이 더 많아지면 좋겠다.

**사람들은 사실 타인을
기꺼이 돕고자 한다.**

하이디 그랜트 할버슨, 『어떻게 마음을 움직일 것인가』(우진하 옮김,
부키, 2020)

35,000,000,000

타인에게 도움을 청하거나 부탁하는 건 누구에게도 쉬운 일이 아니다. 실제로 우리 뇌는 도와달라고 말할 때 진짜로 고통을 느낀다고 한다. 거절에 대한 공포 때문일 수도 있고, 이로 인해 관계가 틀어지면 어쩔까 하는 부담 때문일 수도 있다. 나도 그렇다.

하지만 입장을 바꿔서 생각해 보자.

'나는 부탁을 잘 들어 주는 사람인가?'

내 경우는 확실히 부탁을 하는 쪽보다 들어주는 쪽이 편하다. 실제로 누군가 나에게 요청이나 부탁을 해 오면 흔쾌히 들어준다. (물론 서로 어느 정도 신뢰가 쌓인 관계에서 예의 있게 부탁해 왔을 때.) 일단 그가 나에게 요청하기까지 많이 고민했을 것이고, 내가 그를 도울 수 있다면 나는 그만큼 '쓸모 있는 존재'가 되기 때문이다. 사람은 대부분 자신의 영향력을 확인하길 원하고, 그 효과를 확인한 사람은 더 많이 베풀게 된다는 것이 연구 결과로도 입증되었다.

"사업은 남의 돈으로 하는 것"이라는 말을 처음 들었을 때 큰 충격을 받기도 했는데 그 말도 틀린 말이 아니다. 그렇기에 여러 크라우드 펀딩이 성공하고 스타트업과 벤처 캐피털● 간의 관계가 형성되는 것이다. 주식 시장도 마찬가지다.

살다 보면 확실히 혼자 하는 것보다 타인의 힘을 빌릴 때 훨씬 수월해지는 순간이 있다. 남을 돕는 사람에게는 만족감과 효용감이 생긴다. 그 어렵고 진땀나는 '부탁과 요청'이 결국 모두가 행복해지는 방법이 될 수 있다는 것이 놀랍다.

●머리글자를 따서 흔히 'VC'라고도 한다. 기술력과 장래성은 있으나 경영기반이 약해 일반 금융기관으로부터 융자받기 어려운 스타트업에 무담보 주식 투자 형태로 투자하는 기업이나 그러한 기업의 자본.

제가 경영을 해 봤나요. 그저 만나는 사람마다 도와 달라고 그랬지요. 그저 솔직히 아무것도 모른다고 털어놓고 도와 달라니까 전심전력을 다해 도와주시더라고요.

이본 쉬나드, 『파타고니아, 파도가 칠 때는 서핑을』(서지원 옮김, 라이팅하우스, 2020)

36,000,000,000

내가 작가가 된 것도, 그러니까 지금 이 글을 쓸 수 있게 된 것도 따지고 보면 나만의 소원을 남들에게 솔직하게 털어놓은 것이 시작이었다. 작가가 되고 싶지만, 어디서부터 어떻게 시작해야 할지 모르겠다고. 이제까지 내가 한 것이라곤 남자를 만나고 낯선 곳을 떠돌던 경험뿐이지만 아무리 생각해 봐도 내가 하고 싶은 것은 글쓰기밖에는 없다고. 그렇게 일기장처럼 썼던 블로그와 트위터 덕에 나는 결국 『낯선 침대 위에 부는 바람』이라는 책으로 작가의 꿈을 이룰 수 있었다.

돈에 관해서도 마찬가지였다. 은행 대출 창구에서 망신을 당하고 돈이란 무엇보다 기회를 살 수 있는 것임을 마흔 목전에 깨달은 사실을, 부끄럽지만 솔직하게 써 낸 덕에 사람들이 다시 큰 응원을 보내 주었다. 그리고 그렇게 적은 자산에도 두 권의 '돈 책'을 낼 수 있었다.

돌아보니 생각보다 간단한 것이었다. 내가 원하는 것, 지금 나의 상황과 문제점을 그저 솔직하게 털어놓았을 뿐이다. 생각해 보라. 자신의 속을 투명하게 내보이며 도와달라는 사람을 어떻게 거부하겠는가. 내가 먼저 마음의 문을 열고 사람들에게 솔직하게 한 발짝 다가가는 것. 모든 것은 거기서부터 시작이다.

박일문 씨는 돈을 힘들게
모았다는 것을 몇 번이나 강조했다.
그렇게 돈을 모았는데 보람이
있었는지, 자녀들이 아버지가 해 준
만큼 보답하고 있는지 궁금했다.

한상복, 『한국의 부자들』(위즈덤하우스, 2003)

37,000,000,000

존경받는 이들 중에도 부유한 사람은 있지만, 한국에서 '존경받는 부자'를 찾기는 어렵다는 이야기를 친구들과 나누며, 왜 그럴까를 생각해 보았다. 사실 국내에 자본주의가 제대로 자리 잡은 지는 아직 100년이 채 되지 않았다고 해도 과언이 아니다. 전후 세대 가운데 '1세대 부자'들이 등장했고, 그들 중에는 평생 악착같이 돈을 벌기만 하고 죽은 사람들이 많다. 돈 버는 법에만 빠져 있던 사람들이 돈 '제대로' 쓰는 법을 고민하거나 배울 시간이 있었을까? 그들 중 다수는 모은 돈을 자식에게 그대로 물려주고 죽었다.

"3대 가는 부자가 없다"라는 말처럼 스스로 힘들게 돈을 벌어 보지 못한 사람이 그 돈을 제대로 유지하기란 쉽지 않다. 부모의 돈을 그대로 물려받은 2세들에게서 '돈을 어떻게 써야 할까'에 대한 생각이 올바르게 자리 잡기는 어려웠을 것이다. 그런 이유로 한국에서는 '돈'과 '부자'가 긍정적인 의미로 쓰이지 않았던 것 아닐까. 우리는 그렇게 결론 내렸다.

하지만 이제는 달라지고 있다고 생각한다. 돈을 버는 방법과 돈을 어떻게 써야 행복한지에 대한 논의가 함께 이루어진다. '돈'은 아무런 잘못이 없다. 그것을 사용하는 사람과 그 마음이 문제라는 것을 깨닫는 사람들이 점점 늘어나고 있다.

부동산 거래는 큰돈이 오가고,
눈에 잘 보이지 않는 부분도 많은지라
부도덕한 패거리가 많은 것도
유감스럽지만 사실이다. 그럼에도
우리는 성실하고 진지하게 고객과
마주하는 부동산이 되려 한다.

바바 마사타카 외, 『도쿄R부동산 이렇게 일 합니다』(정문주 옮김,
정예씨, 2020)

38,000,000,000

어떤 일에서든 명분보다 중요한 건 일에 대한 계획과 정직이라 생각한다. 구체적인 방법 없이 명분만 앞선다면 그 일은 의심해 볼 필요가 있다. 『오늘부터 돈독하게』를 출간하고 어느 경제 신문과 인터뷰를 한 적이 있다. 내가 어떻게 만 원 한 장 한 장을 모았는지 성심껏 말했는데 댓글 대부분이 내 사진에 대한 외모 평가나 '하급지 빌라에 산다'는 지역 비하가 포함된 악플이었다.

유명한 경제지였기에 기사를 통해 새로운 연락도 많이 받았다. 그중 한 가지 기억에 남는 것이 어느 건설 회사로부터 온 것으로, 젊은이들을 위한 셰어하우스 사업을 함께 해 보자는 동업 제안이었다. 나는 어떤 일이든 동업에 대해서는 부정적이고 무리하게 셰어하우스를 확장할 마음도 없었다. 하지만 직접 집을 짓는 건설사라면 어떤 아이디어를 가지고 있는지 궁금해서 통화를 이어 갔다. 듣자 하니 일에 대해서는 아무런 계획이 없고, 젊은이들을 위해 봉사하는 마음으로 운영하고 싶다고 나의 노하우를 알려 달라 했다. 마케팅과 업체 관리를 요청하며 그 '봉사'에 동참하길 제안했다. 나는 잘 알지도 못하는 사람과 동업을 결정할 만큼 순진하지 않다. 게다가 이윤을 추구해야 할 기업이 자꾸 명분만 강조하는 것이 수상했다. 전화를 끊자마자 회사 이름을 검색해 보았더니 세금 체납 명단에 올라 있는 곳이었다.

명분만 강조하는 사람은 보통 실속이 없다. 내가 꾸준히 셰어하우스를 운영하며 하우스 메이트들과 함께 사는 이유는 그게 나의 살림에도 도움이 되고, 그 친구들에게도 도움이 되기 때문이다.

사업을 하고 싶다면 정직이 우선이어야 한다. 나아가 내 사업의 기조는 '나에게도 좋고, 너에게도 좋은 것'이다. 한쪽의 봉사와 희생만으로 원활하게 유지되는 일은 없다고 생각한다.

**돈을 목적으로 회사를 시작해
성공한 사람은 본 적이 없다.**

구와바라 데루야, 『스티브 잡스, 그가 우리에게 남긴 말들』(김정환
옮김, 티즈맵, 2011)

39,000,000,000

'신시아TV'를 운영하는 식물 유튜버 신시아는 내게 영원한 '문학동네 방 부장님'이다. 첫 에세이를 낸 신인 작가 시절, 북 토크 같은 행사를 낯설어할 때 내 긴장을 풀어 주려 노력하시던 모습이 아직 선하다. 다정하고 상냥하면서도 일처리는 어찌나 똑 부러지던지, 내가 생각하던 '커리어 우먼'의 모습 그 자체였다. 이런 여성과 함께 일한다는 것만으로도 힘이 되었고 좋은 에너지를 많이 받았다. 그러던 어느 날 돌연 일을 그만 두었다는 이야기를 전해 들었다. 더 이상 책 관련 일로 그를 만날 수 없다는 것이 아쉬웠고, 성실히 쌓아 왔을 커리어를 생각하니 내가 다 아까웠다.

몇 년이 흘러 방 부장님 SNS에 베란다에서 식물을 키우는 모습을 담은 영상 한 편이 올라왔다. 서툴게 편집된 영상 속에 카메라를 어색해하는 모습이 여지없이 담겨 있었지만, 예전과는 또 다른 행복이 그의 얼굴에 비쳤다. 순간 큰 회사의 높은 직함만이 행복의 조건이 아니라는 생각이 들었다.

식물 덕후로 자신만의 작은 정원을 가꾸기 시작한 그는 『내 기분이 초록이 될 때까지』라는 에세이도 출간하며 식물 애호가들 사이의 인플루언서가 되어 있었다. 좋아하는 일에 몰두하다 보니 자연스럽게 식물 관련 스마트스토어 '정글시아'까지 창업했다고 한다. 이 일들은 마치 씨앗이 자라 식물로 커 나가는 과정처럼 자연스러웠다.

어디에 있든 자신의 인생을 알뜰히 꾸리는 사람은 언젠가 자신만의 꽃을 활짝 피우게 된다. 그 사실을 나의 영원한 방 부장님 덕에 알게 되었다.

생각은 하지만 고민하지 않는다.

후지요시 다쓰조, 『10초 행동력』(김영희 옮김, 위, 2016)

40,000,000,000

마흔 전후로 확실히 달라진 게 있다면 더 이상 '3ㅂ'을 하지 않게 되었다는 것이다. '3ㅂ'이란 불평·불만·변명을 말한다. 불평불만과 변명에 시간과 에너지를 쓰느니 결과를 빨리 인정하고 '어떻게 하면 나아질 수 있을지'를 생각하는 편이 여러모로 낫다.

특히 누군가를 붙잡고 불평불만을 늘어놓는 일은 정말 피해야 한다. 상담이 필요할 땐 객관적인 상황과 앞으로 어떻게 하는 것이 좋을지 해결점에 초점을 맞춰 자문을 구하는 것이 좋다. 내 감정을 다스리지 못한 채 불평불만만 계속 쏟아 낸다면 그것은 나를 도와주려는 사람을 '감정 쓰레기통'으로만 쓰는 것이다.

내 경우 안 좋은 상황이 생기면, 일단 스스로 문제를 해결하려 노력한다. 이럴 땐 몸을 움직이는 게 최선이다. 집을 벗어나 목적지를 정해 두지 않고 걷는다. 그리고 생각한다. '어떻게 하면 될까?' 실제로 걷거나 몸을 움직이는 것은 해마 부위를 자극해 좋은 아이디어를 떠오르게 하고 스트레스를 줄여 준다. 목욕이나 욕실 청소, 대청소를 하는 것도 좋은 방법이다. 무엇보다 이 방법들은 돈이 들지 않는다. 특히 청소나 목욕을 하고 나면 깨끗한 공간과 상쾌한 기분이 남는다. 마치 고민까지 말끔히 제거된 기분이 들도록 말이다.

부자를 욕하면
절대 부자가 될 수 없다.

━━━━━━━━━━━━━━━━━━━━━━

골든 로즈, 『부자의 원리』(미다스북스, 2019)

━━━━━━━━━━━━━━━━━━━━━━

41,000,000,000

나도 몇 년 전까지 '부자는 다 나쁜 놈'이라고 생각했다. 부자에 대해 잘 알지 못했고 무엇보다 부자를 만날 일이 없었다. 그래서 쉽게 욕했다. 부자는 이기적일 거라고, 분명 나쁜 짓을 해서 돈을 모았을 거라고 어림짐작 추측했다.

돈이 많다고 무조건 더 행복하다고 말할 수 없는 것처럼 가난하다고 반드시 불행한 것은 아니다. 돈이 없을 때도 내겐 즐겁고 행복한 기억이 많았다. 하지만 돈이 충분하면 최소한 돈이 없어서 생기는 불안과 걱정은 사라진다.

얼마 전 한국 최고의 실버타운이라 불리는 곳에 관한 영상을 보았다. 24시간 간호사가 상주하며 호텔식 서비스가 제공되고 다양한 여가 생활을 즐길 수 있는 환경이 마련되어 있었다. 입주하려면 보증금 9억 원과 월 오륙백만 원의 생활비가 필요하다고 했다. 영상에는 그곳에서 생활하는 어르신 두 분이 나왔다. 여든이 넘은 나이에도 활력이 넘쳐 보였고 그 공간에 대한 그분들의 만족도는 최상이었다. 실버타운이 아니라 '드림타운'으로 불린다는 말에 동감하던 차, 전직 교수로 일하셨다는 89세 할머니의 인터뷰를 보고 생각이 많아졌다.

"여기 온 사람들을 보면 80년 동안 모두 자기 나름대로 참 열심히 살았더라고요. 그래서 다 존경해요. 장사를 하든 부동산업을 하든 자기 자리에서 참 열심히 살았어요."

어르신의 말과 표정에는 타인에 대한 깨끗한 존경과 인정이 담겨 있었다. 예전의 나라면 그런 풍요로운 생활을 누리는 사람들이 그저 보기 싫었겠지만, 지금은 그분의 말에 고개가 끄덕여진다. 돈 공부가 준 또 다른 선물이 바로 이런 '타인의 노력에 대한 깨끗한 인정'이다.

미래에 관련된 비전 중에서
반드시 실패하는 것은 확실하게
성공할 것으로 보이는 것,
안전해 보이는 것, 실패할 리가
없어 보이는 것들이다.

피터 드러커, 『드러커 100년의 철학』(남상진 옮김, 청림출판, 2004)

42,000,000,000

20~30대에 내 인생의 화두는 "사랑이란 과연 무엇일까?"였다. 지금은 "어떻게 살아야 할까"를 자주 생각한다. 나의 40대는 아마 이에 대한 답을 찾는 시간이 될 것이다.

피터 드러커를 알게 된 후로는 그의 책에서 만나는 문장들을 인생의 디딤돌로 삼게 되었다. "10년 후와 10분 후를 동시에 생각하라" "불확실한 미래를 예측하는 가장 좋은 방법은 그 미래를 결정하는 것이다" 같은 군더더기 없이 명쾌한 진리의 문장들. 나는 그가 평생을 연구하며 써 낸 책들로부터 이토록 쉽게 지혜를 얻으며 오늘도 아슬아슬한 위험을 피해 간다.

오늘이 내 인생에서 가장 풍요로운 때라고 생각하며 현재에 감사하는 동시에 10년 후를 준비할 것. 현재를 충실히 살면서도 지속 가능한 미래를 위해 지구의 에너지와 자원을 아낄 것. 무엇보다 이 세상에 어떻게 공헌할지에 집중하며 나아갈 것.

그만둘 일은 그만두라.
지금 손해를 봄으로써
더 크게 이긴다.

―――――――

그렉 맥커운, 『에센셜리즘』(김원호 옮김, 알에이치코리아, 2014)

―――――――

43,000,000,000

다시, 위기다. 매일 아침 신문을 읽으며 느끼는 심정이다. '아니, 뭐 언제는 위기가 아닌 적 있었나?' 하는 사람도 있겠지만, 이번에는 뭔가 심상치 않다. 가령 2020년 초 코로나19에서 시작된 위기에는 '이 역병이 끝나면 정상화될 것'이라는 희망이 있었다. 그러나 그 이후에는 금리 상승에 식량·에너지 위기까지 겹쳐 예전과 같은 희망을 찾기가 쉽지 않아 보인다. 기존의 자본주의 성장 방식이 통하지 않는 지점에 다다른 것이다. 나날이 증가하는 인구 문제 역시 해결이 쉽지 않을 것이다.

생각해 보면 지구에 해를 끼치지 않는 자본주의란 사실상 불가능에 가깝다. 늘 더 많은 돈을 벌려고 갖은 방법을 써서 생산량을 늘리고 몸집을 키워야 했던 탓에 환경은 언제나 뒷전이었다. 그런데 아이러니하게도, 기후 변화에 따른 식량 위기 상황이 도래한다면 '돈'은 나와 내 가족을 지키는 '생존 필수품'이 된다. 어릴 때만 하더라도 "물을 사 먹는다고?" 하던 때가 있었는데, 앞으로 미래에는 한 병에 만 원짜리 생수를 사 먹어야 할지도 모른다. 생존을 위해 다시 돈이 필수가 된 것이다.

이런 본질적인 아이러니를 지닌 인생을 과연 어떻게 살아야 할까? 이것이 요즘 나의 화두다.

경제적 자유를 가진 자만이
사무실에서 원하지 않는 사람들과
부대끼는 대신, 시간의 자유를
마음껏 누리고 정말 내가 하고 싶은
경험들로 나의 삶을 채울 수 있다.
그것이 바로 경제적 자유가
가져다주는 본질적인 자유인 것이다.

바호(이형욱), 『대한민국 파이어족 시나리오』(한국경제신문, 2021)

44,000,000,000

돈 공부를 결심하고 2년 만에 치과를 그만뒀다. 200만 원 조금 넘는 월급이라도 4대 보험과 식대, 간식 등까지 생각한다면 삶을 안정적으로 영위하게 해 주는 직장은 고마운 곳이 맞다. 하지만 더 이상 내가 하고 싶은 일과 관련 없는 일에 하루 대부분을 쓰고 싶지 않았다. 치과에 다니는 2년 동안 돈 공부를 하며 짠테크를 비롯한 다양한 파이프라인을 구축해 뒀기 때문에 치과 월급 정도의 현금 흐름은 이미 만들어져 있었다. 이제는 하고 싶은 일만으로도 충분히 먹고 살 수 있도록 다시 모험을 감행하기로 했다. 일명 '반ヰ파이어족 프로젝트'.

나는 비교적 늦은 나이에 돈을 벌고 모으기 시작했기 때문에 '파이어족'처럼 퇴사 후에 유유자적하게 살 수는 없었다. 이제는 1인 기업의 경영자가 되어 내가 하고 싶은 일로 나와 내 가족을 먹여 살려야 했다. 1인 기업인 프리랜서는 매일 출퇴근과 일의 양을 스스로 정하고 스스로 모든 책임을 져야 했다. 초반에는 시간 관리에 많은 돈과 시간을 썼지만, 퇴사 후 1년이 지난 지금은 나만의 노하우가 차츰 쌓이고 있다. 버는 돈도 예전 월급의 3~5배가 되었다. 이제는 누구를 만나도 밥 한 끼 정도는 부담 없이 사 줄 수 있고, 일에 필요한 것이라면 가격에 상관없이 살 수 있게 되었다. 무엇보다 하루 24시간을 모두 내가 원하는 곳에 쓸 수 있다는 것이 '반 파이어족'의 가장 큰 장점이다.

중요한 행동을 더 쉽게
할 수 있도록 환경을 마련하라.

제임스 클리어,『아주 작은 습관의 힘』(이한이 옮김, 비즈니스북스,
2019)

45,000,000,000

누구보다 시간을 펑펑 써 본 적 있는 나는 최근에야 비로소 시간이 가진 힘을 완전히 체감했다. 1년간 나는 단행본 원고를 세 편이나 썼다. 월간으로 또 격주로 글을 연재하고 매일 숏폼 콘텐츠를 업로드 하면서도 말이다. 예전 같으면 불가능이라 했을 일들이 벌어진 것이다. 이것이 가능했던 이유는 바로 밀도 있는 시간의 힘을 받아들였기 때문이다.

일단 치과에 출근을 하지 않으니 시간을 계획해서 쓸 수 있었다. 물론 여러 시행착오를 거쳤다. 시간 관리에 관한 책을 10권 가까이 읽었고, 나에게 적용해서 맞는 방법을 찾으려고 노력했다. 대략 1년의 기간이 걸렸다. 시간의 중요성을 깨닫고 시간 관리를 시작하면서부터 나는 더 긍정적으로 변했다. 효율을 따지자면 어차피 사는 것, 이왕이면 즐겁게 사는 것이 인생을 가장 효율적으로 사는 법임을 깨달았기 때문이다.

넷플릭스 다큐 『인사이드 빌 게이츠』를 보면 시간을 초 단위로 쓴다는 빌 게이츠의 비서가 말한다. "시간은 그가 유일하게 돈으로 살 수 없는 상품이에요." 실제로 빌 게이츠가 가장 갖고 싶다고 한 능력은 "빠른 시간 안에 더 많은 글자를 읽는 능력"이다. 시간이야말로 진정한 금이다.

경제·건강·과학·기술·정치를 비롯한
다양한 분야의 기사를 읽다 보면
자동적으로 세상이 돌아가는
패턴을 알 수 있게 되고, 현재 내가
알고 있는 것을 미래에 연결해
생각할 수 있게 된다.

스콧 애덤스, 『더 시스템』(김민수 옮김, 베리북, 2020)

46,000,000,000

직장에 나가지 않게 되며 가장 먼저 한 일은 종이 신문 구독이다. 몇 년째 매월 구독료 2만원을 내며 『매일경제』를 구독한다. 포털 사이트에서 '뉴스'를 클릭하면 거의 모든 신문 기사를 무료로 볼 수 있지만 굳이 종이 신문을 구독하는 이유는 큐레이션 때문이다.

이 기사가 왜 오늘 신문 1면 상단에 와 있는지, 어떤 흐름으로 다음 페이지로 이어지는지, 종이 신문은 한눈에 파악이 된다. 포털 사이트를 통해 제공되는 신문은 기사를 읽으려면 한 줄로 올라온 기사 제목을 일일이 클릭해야 한다. 그러다 보면 자연히 내가 보고 싶은 것만 클릭해서 보게 되고 다시 전 페이지로 돌아가면서 자연스럽게 흐름이 끊긴다. 반면 종이 신문은 일단 한 면에 여러 기사가 보이기 때문에 관심 없는 기사도 대충이라도 훑어보게 된다. 기억해 두고 싶은 기사는 가위로 오려 스크랩해서 따로 보관할 수 있는 것도 장점이다.

그래도 돈 공부 초심자들은 덜컥 종이 신문을 구독하지 않길 바란다. 신문 구독이 좋다고 해서 시작했다가 결국 쌓아만 두다 버리는 경우를 많이 봐서 드리는 말씀이다. 매일 아침 포털 사이트 '뉴스' 면에서 관심이 가는 헤드라인이라도 클릭해서 읽는 습관을 한 달만이라도 꾸준히 들여 보자. 그렇게 한 달 미션에 성공하면 그때 종이 신문을 구독해도 늦지 않다.

특히나 돈 공부 초심자에게 매달 2만 원의 구독료는 절대 적은 돈이 아니다. 직장에 다니고 있다면 사장님께 신문 구독을 건의해 보는 것이 가장 좋다. 내 돈도 아끼고 나를 포함한 직원 모두가 똑똑해질 수 있는 방법이다.

당신이 부자가 되길 바라는
사람은 당신밖에 없다.

젠 신체로, 『나는 돈에 미쳤다』(박선령 옮김, 위너스북, 2018)

47,000,000,000

짠테크를 시작하면 분명히 당신을 비웃고 조롱하는 사람이 생길 것이다. 돈 공부를 해 보겠다고 각종 '돈' 책을 읽기 시작하면 분명 뒤에서 흉을 보는 사람이 나타날 것이다. 신경 쓸 필요 없다. 결국 이번 달 공과금과 카드 값을 내야 하는 사람은 나다. 알 수 없는 미래, 내 노후와 내 인생을 책임져 줄 사람은 그 사람들이 아니라 바로 나 자신이다.

큰 부를 축적하려면 '돈을 중요하게 인식해야만' 한다. 그러려면 실제로 자신이 원하는 돈을 이미 소유했다고 여겨야만 한다.

나폴레온 힐, 『간절히 생각하라 그러면 부를 얻을 것이다』(박신현 옮김, 더숲, 2012)

48,000,000,000

자기계발서와 성공학 책에서 공통으로 말하는 것 중 하나가 '이미 된 것처럼 행동하라'는 것이다. 약간은 허세처럼 보일 수 있지만, 나는 이 말을 좋아한다. 특히나 "작가가 되고 싶은데 뭐부터 어떻게 시작해야 할지 모르겠다"라고 질문하는 작가 지망생들에게 늘 이렇게 이야기 해 준다.

"작가가 되고 싶다면, 이미 작가가 된 것처럼 행동하세요. 어디에든 어디서든 글을 쓰고, 이미 유명한 작가가 된 것처럼 행동해 보세요."

사람들은 스스로에게 권위를 부여하고 그에 걸맞게 행동하는 사람에게 끌리게 되어 있다.

유명한 벤처 캐피털에서 일하는 친구가 말해 주길 투자자들도 결국 마지막엔 '사람'을 보고 결정한다고 한다. 사업도 예술도 사람에서 시작해 사람으로 끝난다. 결국 세상의 모든 일이 사람에게서 시작해서 사람에게로 다가가는 일이다.

비즈니스 자체는 그렇게
복잡한 것이 아니다. 단지 그것을
복잡하게 만드는 너무 많은
사람들이 그 분야에 있을 뿐이다.

잭 트라우트 외, 『단순함의 원리』(김유경 옮김, 21세기북스, 2000)

49,000,000,000

"돈이 좋다"고 거침없이 말하고 다니지만, 돈과 평판 중 하나를 고르라고 한다면 크게 고민하지 않고 평판을 고를 것이다. 평판은 곧 신뢰고 어떤 일이든 신뢰가 있어야 작동한다. 돈도 중요하지만 그래도 아직은 돈이면 다 되는 세상은 아니라고 생각한다 (그런 세상이 되어서도 안 될 것이다).

비교적 늦은 나이에 돈 공부를 시작한 게 다행이란 생각을 자주 한다. 조금 더 젊었다면 나 역시 무리해서 빨리 부자가 되고 싶었을 것 같다. '더 빨리, 더 높이, 더 많이'의 굴레에서 벗어나기 힘들었을 것이다.

40년을 지나와 보니 뭐든 급하게 서두를 필요가 없다고 느낀다. 평판 역시 조금씩 쌓아 가면 된다. 밑에서부터 하나씩 제대로 쌓인 평판은 갈수록 단단한 무기가 되어 줄 것이다.

장 클로드 엘레나의 인터뷰를
읽게 되었다. 그는 럭셔리에 대한
정의를 달리했다.
"진정으로 럭셔리한 삶은 자기 자신과
조화를 이루는 삶이다. 럭셔리는
소유가 아니라 공유다."

장명숙, 『햇빛은 찬란하고 인생은 귀하니까요』(김영사, 2021)

50,000,000,000

윤희는 깨끗한 피부와 큰 눈을 가진 예쁘장한 아이였고, 당시 유행하던 '샤기컷'이 찰떡같이 어울렸다. 열여덟, 우리의 주 관심은 "어떻게 하면 더 까져 보일까?"였다. 교복 치마도 줄이고, 가방도 뒷목 바로 아래까지 올렸다. 고3이 되고도 마찬가지였다. 그래도 대학에는 가야겠다고 생각했다. 한국에서는 대학 외엔 다른 선택지가 없었기 때문이다. 그런데 불쑥 윤희가 대학에 가지 않겠다고 했다. 수능 전까지만 해도 영문과에 가고 싶다며 영어 공부를 열심히 했는데, 집안 사정이 어려워져서 대학에 갈 수 없게 되었다고 했다. 결국 윤희는 어느 공단에 취업했고 나는 대구에 있는 대학에 입학했다.

우리가 다시 만난 건 내가 대학을 졸업하고 고향으로 돌아온 후였다. 나는 4년 차 직장인이었고 윤희는 7년 차였는데, 서로의 월급을 얘기하다가 나는 좀 충격을 받았다. 대학을 졸업한 사람과 그렇지 않은 사람의 급여 차이가 그렇게 많이 날 줄 몰랐기 때문이다. 당시 내 월급은 200만 원이었고 윤희의 월급은 여전히 120만 원이었다. 거기에 이어지는 윤희의 말에 나는 다시 큰 충격을 받았다.

윤희는 120만 원 월급에서 매달 1만 원을 후원금으로 쓴다고 했다. 5천 원은 저소득층 아동 급식에, 5천 원은 또 다른 아이들을 돕는 기관에. 당시 나는 120만 원을 벌면 생활이 너무 빠듯하지 않을까 걱정하던 중이었는데 예상치 못한 이야기였다. 무엇보다 그 말을 할 때의 윤희의 얼굴이 너무나 평온하고 담담해 보였다.

그 뒤로 10년이 넘게 흘러 비로소 돈에 눈을 뜨고 『오늘부터 돈독하게』를 썼을 때, 중쇄를 찍게 되면 제일 먼저 하고 싶었던 것이 바로 '윤희 따라 하기'였다. 생애 처음으로 책의 인세를 혼자 아이를 키우는 여자들에게 기부하게 만든 것은 지금도 생생한 20대 윤희의 그 맑은 얼굴이었다.

우리를 괴롭히는 것은
절대적인 빈곤이 아니라
상대적인 빈곤이다.

브라운스톤, 『부의 인문학』(오픈마인드, 2022)

51,000,000,000

매년 금융권에서 발행되는 부자 보고서에는 금융 자산 10억 이상인 사람을 대상으로 조사한 몇 가지 설문 결과가 실린다. 한국의 경우 부동산이 자산에서 차지하는 비중이 크기 때문에 금융 자산이 10억이라면 보통 부동산을 포함한 총자산이 27억 정도 된다고 한다. 총자산이 27억 정도라면 일반인 기준에서는 충분히 부자라고 할 수 있을 것이다.

그런데 이 정도의 '부자'들을 대상으로 본인이 부자냐고 물으면, 그들 대부분은 손사래를 친다. 그들이 생각하는 부자란 자산이 적어도 100억은 되어야 한다는 것이다. 그 외에도 '부자'를 평가하는 기준에 자산 외에 다른 것들을 꼽는 사람들이 많다는 것이 신선했다. 가정이 원만하고 사회적 지위 및 관계가 원활해야 진정한 부자라고 생각하는 사람들이 많았다.

부자들이 말하는 '진정한 부자의 조건'을 보니, '진정한 성공'에 대해 말하던 워런 버핏의 인터뷰가 생각난다.

"내 나이 정도가 되면 내가 사랑하는 사람들이 얼마나 있고, 그들 또한 나를 사랑하는지가 성공의 지표가 됩니다. 이는 곧 당신이 삶을 얼마나 잘 살아왔는지를 측정하는 궁극적인 방법이 되죠."

결국 '부'도 '성공'도 '행복'과 같이 주관적인 개념임이 틀림없다.

**풍요로움과 품위를 가지면
돈은 자연히 따라온다.**

이노우에 히로유키, 『배움을 돈으로 바꾸는 기술』(박연정 옮김, 예문, 2013)

52,000,000,000

나에게 가장 좋은 것은 내가 발전할 수 있는 환경으로 나를 데려가는 것이다. 그리고 그중 나에게 가장 쉬운 방법은 한 달에 한 번 나를 대형 서점으로 데려가는 것이다.

나는 일주일에 두세 번 서점에 간다. 각 분야의 신간 코너를 보고 있으면 매주 달라지는 트렌드가 보인다. 새로운 정보에 빠르게 대응하는 데는 유튜브가 더 낫지 않냐고들 하지만, 정보의 큐레이션 측면에서 보면 서점 신간 매대만큼 훌륭한 게 없다. 한 분야에 통달한 유튜버는 많아도 이렇게 모든 분야를 주기적으로 업데이트해 줄 유튜버는 찾기 힘들다.

서점과 집이 멀다는 사람이 있다면 누군가를 만날 때 서점 근처로 약속 장소를 잡아 보기를 추천한다. 퇴근 후에 혼자 서점에 들렀다 집으로 가는 것도 좋다. 무엇보다 누군가의 생일 선물을 고를 때 서점은 아주 좋은 장소가 된다. 그 사람의 관심사를 생각해서 그에게 필요한 책이 무엇일지 생각해 보고 책을 골라 보자.

나는 지금도 내게 책을 선물했던 남자는 모두 기억하고 있다. 선물 받았던 책 역시 다 보관 중이다. 나를 생각하며 나름 고심해서 그 책을 골랐을 남자들을 생각하면 쉽게 버릴 수가 없다. 그들에게 받았던 다른 선물들은 거의 버리거나 팔아 버렸지만, 이상하게도 책만은 여전히 내 책장에 꽂혀 있다.

성공적인 교육생들은 의지가 강하고 독립심이 있으며 극단적으로 역투자자의 성향을 보이죠. 그들은 다른 사람이 취하기 꺼려 하는 포지션을 취할 수 있어요. 그들은 또한 자제심이 있어서 적당한 크기의 포지션을 취하죠.

잭 슈웨거, 『시장의 마법사들』(임기홍 옮김, 이레미디어, 2008)

53,000,000,000

하루에도 몇 번씩 생각한다. 작가로 살 수 있는 것이 얼마나 축복인지. 문장과 이야기를 통해 아름다움을 발견할 수 있다는 것이. 눈에 보이지 않는 것을 감각할 수 있다는 것이. 훌륭한 저자들이 쓴 책을 통해 느끼고 글을 쓰며 생각을 정리할 수 있다는 것이.

내가 주식 투자를 취미로 삼고 빠져들 수 있었던 것도 주식에 얽혀 있는 다양한 '이야기'가 흥미로웠기 때문이다. 주식으로 팔자를 고치겠다는 생각은 애초에 없었다. 그저 시시각각 변하는 가격과 가격이 움직이는 이유를 관찰하는 것이 재미있었다.

주식과 옵션 트레이더들의 교본이라 불리는 『시장의 마법사들』이라는 두꺼운 책을 열었을 땐, 책장을 넘길 때마다 그 치열한 분위기에 심장이 두근거렸다. 각종 시장에서 막대한 수익을 올리며 한때 '레전드 투자자'로 불린 이들의 진귀한 이야기가 한 편씩 펼쳐졌다. 물론 그들 모두 행복한 결말을 맞은 것은 아니다. 추세 추종의 창시자 제시 리버모어는 파산과 가정불화 때문에 자살로 생을 마감했다.

나는 주식이 인생과 참 닮았다는 생각을 많이 한다. 주식 시장에서야말로 "끝날 때까지는 끝난 게 아니다"라는 말이 통한다. 인생도 마찬가지다. 주식과 인생은 결국 불확실성에 대한 대범함이 빛나는 곳이다. 나는 그저 묵묵히 내가 가진 것 안에서 최선을 다해 즐기고, 무리하지 않고 목표하는 방향으로 한 걸음씩 가는 것으로 불확실성에 대비한다. 그것이 내가 주식과 인생을 이어가는 법이다.

우리는 온갖 우여곡절을 겪으면서
예상 못한 커다란 피해도 보았지만,
건전한 투자 원칙을 지키면 대개
건전한 실적을 얻었다. 우리는
향후에도 계속 그럴 것이라고
가정하면서 투자해야 한다.

벤저민 그레이엄, 『현명한 투자자』(이건 옮김, 국일증권경제연구소, 2020)

54,000,000,000

주식 투자를 시작할 때부터 멘토가 항상 강조하던 것이 바로 "부자처럼 생각하라"였다. 가령 월급 200만 원으로 주식을 하는 개미 중의 개미도 항상 '시드가 10억인 큰손들이라면 어디에 어떻게 투자할까?'를 생각해야 한다고 말이다. 시드가 천만 원일 경우 5퍼센트 수익률이 나면 50만 원이지만, 시드가 10억 원일 경우 5퍼센트라도 5천만 원이다. 고로 시드가 적을수록 자꾸만 더 큰 수익률에 집착하게 된다. 그래야 '좀 벌었다'는 느낌을 받을 수 있기 때문이다.

이런 욕심이 결국 화를 부른다. 손실의 경우 천만 원에 5퍼센트 손실이 났다면 50만 원이지만, 10억 원의 경우 5퍼센트 손실만 나도 5천만 원이다. 따라서 보통 부자들은 굳이 위험한 투자를 하지 않는다고 한다.

주식 계좌의 시드가 싹 트기도 전부터 들었던 "부자처럼 생각하라"라는 조언 덕에 지금도 주식을 매매할 때만은 큰손 개미가 된 것처럼 행동한다. 건강하게 오래 주식 투자를 해 온 멘토가 주변에 있다는 것은 정말 큰 행운이다.

상대의 재능을 흡수하겠다는
마음가짐으로 일하는 것은
어떤 직업에서든 중요하다.

미노와 고스케, 『미치지 않고서야』(구수영 옮김, 21세기북스, 2019)

55,000,000,000

나의 장점 중 하나가 타인의 장점을 빨리 발견하고 그것을 금방 흡수하는 것이다. 작심에서 실행까지 시간이 얼마 걸리지 않는다고 해서 일명 '제로백● 1초'라고도 불린다. 그 외에도 긴 글을 읽고 쓰는 능력을 가졌다는 것, 실패에 크게 좌절하지 않는다는 것, 남의 시선이나 평가에 크게 휘둘리지 않는다는 것, 처음 보는 사람과도 쉽게 친해진다는 점 등등이 있다. 잘난 척처럼 보일지 모르겠으나 나는 나의 장점을 잘 안다. 그만큼 나에 대한 생각을 많이 했기 때문이다.

자기 자신을 잘 아는 것을 일명 '자기 인식'이라고 한다. 자기 인식 중에서도 가장 강력한 힘을 가지는 것이 바로 자신의 장점을 스스로 깨닫는 것이다. 겸양을 미덕으로 여기는 한국에서는 다들 자신의 장점을 부각하는 것을 어려워한다. 하지만 비즈니스 세계에서는 본인의 장점을 내세우는 것을 어려워하면 안 된다. NBA 코치에서 비즈니스 코치가 된 앨런 스테인 주니어는 '자신의 장점을 아는 사람'이야말로 가장 두려운 라이벌이라고 했다. 그들은 승리하는 법을 잘 알고 있기 때문이다.

●자동차가 정지 상태에서 시속 100킬로미터에 이르는 시간으로, 페라리나 부가티 같은 슈퍼카의 제로백은 2초대다.

자신이 진정 원하는 것을 알고
그것을 실행하기 위해선 서서히
용기를 축적해야 한다. 아무것도
하지 않는데 갑자기 실행력과 용기가
터지듯 생기지 않는다.

송정훈 외, 『미국에서 컵밥 파는 남자』(다산북스, 2018)

56,000,000,000

내가 가진 단점을 고치고 예전과는 완전히 다른 사람이 되고 싶다면, 이제까지 해 온 방식을 모두 버리고 새롭게 살아 보는 것이 필요하다.

『이코노미스트』가 "현대의 사상적 리더로, 미국의 피터 드러커에 필적하는 아시아 구루"로 지목한 오오마에 겐이치는 사람을 바꾸는건 '시간, 사는 곳, 사람'을 바꾸는 것뿐이라고 했다. 사는 곳을 바꾸고, 자주 만나는 사람을 바꾸고, 내가 쓰던 시간을 달리 써 보는 것. 인간은 주변 환경에 영향을 받을 수밖에 없는 존재니 아마도 그의 방식은 확실히 효과적이겠지만 당장 이사를 갈 수도 없고, 만나는 친구와 인연을 한 번에 끊기도 쉽지 않다. 따라서 가장 빠르게 바꿀 수 있는 것은 시간이다.

일단 온라인에서부터 시작하는 것이 좋다. 가령 뷰티나 오락성 유튜브를 주로 시청해 왔다면, 그 시간에 다른 분야 채널을 보려고 시도해 보자. 소비하는 모습을 포스팅하는 인스타그램 계정을 많이 팔로잉하고 있다면 '#자기계발' '#짠테크'를 검색해 다른 쪽으로도 팔로잉을 목록을 늘려 보는 것이다. 요즘에는 재테크 관련 인스타툰도 많아서 나 역시 재미있게 보고 있다.

전형적인 '돈알못'이었던 나는 돈과 친해지려고 휴대전화의 첫 페이지를 계산기, 은행·증권 앱, 각종 숫자에 관련된 앱으로 채웠다. 어릴 때부터 숫자에 약했고 수학도 정말 못했던 터라 돈과 숫자에 익숙해지려고 그렇게 꾀를 냈다. 휴대전화 첫 화면에 보이니 시간이 생기면 자연스럽게 들어가 보게 된다.

변하려면 이제껏 안 해 본 것을 해 보는 것이 중요하다. 정말로 친해질 수 없을 것 같던 것도 자주 보면 달라진다. 나도 몰랐던 나의 새로운 면도 드러난다. 그렇게 또 새로운 세상과 만나게 된다.

어느 책을 봐도 부자가 되는
돈 관리의 핵심은 딱 두 가지뿐이다.
1. 아끼거나
2. 소득의 사이즈를 키우거나

김얀, 『오늘부터 돈독하게』(미디어창비, 2020)

57,000,000,000

매달 나가는 돈 중에서 '고정비'란 일명 '숨만 쉬어도 나가는 돈'을 말한다. 소득과 상관없이 매달 고정적으로 나가는 돈. 반대로 '변동비'란 그때그때마다 달라지는 돈이다. 돈을 아낄 때 사람들은 흔히 변동비를 줄이려 하지만, 사실은 '고정비'를 제대로 파악하고 매달 나가는 돈부터 아끼는 방법을 연구하는 것이 효과가 크다.

나의 고정비를 예로 들어 보자.

☑ 스마트폰 요금
☑ 구독 서비스 (넷플릭스나 유튜브 프리미엄, 종이 신문, 정수기 등등)
☑ 보험료
☐ 부모님 용돈
☐ 집 대출금 (이자 + 원리금)
☐ 오피스텔 대출금 (이자만)
☑ 집 관리비 (전기료/가스비/상하수도 요금 등)
☑ 운동 (필라테스)
☑ 교통비

체크한 항목이 고정비이며 충분히 줄일 수 있는 항목으로, 나 역시 저 부분에서부터 허리띠를 졸라맸다.

이번엔 제대로 한번 돈을 모아 보겠다 하시는 분들은 고정비를 파악해서 내가 매달 의무적으로 벌어야 하는 돈이 얼마인지, 미래를 대비하려면 얼마를 저축하고 투자해 두어야 하는지를 알아보아야 한다. 휴일 하루 날을 잡고 책상에 앉아서 '매달 숨만 쉬어도 나가는 돈'이 얼마인지부터 파악해 보자.

앤드류 포터는 더 열심히 하는
사람이 이긴다고 말합니다.
즉 진정성은 상대적이므로 몰입의
총량이 큰 사람이 이긴다는 것이
그의 결론이에요.

송길영, 『그냥 하지 말라』(북스톤, 2021)

58,000,000,000

아침 운동을 끝내고 카페에 앉아 이 글을 쓰고 있을 때 미디어창비로부터 연락이 왔다. 『오늘부터 돈독하게』 중국어판의 커버와 본문을 확인해 달라는 것이다. 처음으로 타국의 언어로 쓰인 나의 글을 본다는 건 무척 각별한 감정을 몰고 왔다.

심장에서 아지랑이가 피어나는 느낌이랄까? 알 수 없는 글자를 스크롤하는데 금세 눈물이 차 올랐다.

'10년을 하니 정말로 되네……'

작가가 되겠다고 서울에 왔던 서른, 그 후로 많은 일이 있었다. 대부분은 고군분투하던 시간이었다. 글을 쓸 때도 있었지만, 글을 쓰지 못할 때도 있었다. 하지만 언제나 내 기도는 "글 써서 먹고 살게 해 주세요"였다.

'나의 부자 계획'이라는 뜻의 '我的富翁计划'라는 제목 옆에, 작게 한글로 "하고 싶은 일을 하기 위해서, 오늘부터 돈독하게"라고 쓰여 있다. 타국의 글자 사이 나의 모국어가 생경하다. 한 번도 생각해 본 적 없었던 돈에 관한 글을 쓰고, 그 글로 나의 소망에 다다르게 될 줄이야. 이 기분은 아직 글로 정확하게 표현하기가 어렵다. 10년쯤 더 해 보면 그때는 명확하게 표현할 수 있으려나? 그저, 멀리 있는 누군가에게도 오래 기억되는 이야기로 남아 주면 좋겠다.

올바른 길로 가야 부로 통한다.

엠제이 드마코, 『부의 추월차선』(신소영 옮김, 토트, 2022)

59,000,000,000

구글과 페이스북도 주 수입원이 제품 광고인 마당에 연예인과 인플루언서에게 광고가 주는 맛이 어찌 달콤하지 않을까. 이제는 SNS를 통해 일반인들에게까지 협찬과 광고가 들어오는 시대다. 나에게도 가끔 광고 제안이 들어온다. 돈만 생각하면 '피드 하나 올리는 건데 뭐 어때' 싶지만, 멀리 보면 역시 들어왔다고 해서 아무거나 다 하는 것은 나에게도 나의 팔로어들에게도 공해라는 생각이 든다.

10여 년 전 MBC 예능 프로그램 『라디오 스타』에 출연한 이효리가 상업 광고 중단 선언에 관해 이야기하던 모습이 아직도 기억에 남아 있다.

"나는 그걸 먹고 살을 뺀 게 아니고, 그 화장품을 발라서 예뻐진 게 아닌데 광고라는 건 사람들한테 '이것만 있으면 돼'라고 이야기할 수밖에 없는 거예요. 어느 순간 이제는 팬들과도 오랜 친구란 생각이 들어서 솔직한 얘기를 해 주고 싶다는 생각이 들었어요."

이런 마음이 기반이 되어 그는 이제 이효리라는 이름만으로도 단단한 가치를 가진다. 10대부터 40대까지 음악방송 1위를 유지한 슈퍼스타이자 유기견 구조 활동가, 채식주의자, 요가 러버, 평안한 일상을 유지하려 노력하는 보통 사람으로 스펙트럼을 늘려 왔다. '롱런'하는 사람에게는 다 이유가 있다. 지금도 여전히 자신만의 길을 만들어 가고 있는 그는 여전히 나의 우상, 아이돌이다.

인터뷰를 다니며 여성들이
가장 취약해지는 때는
돈이 없거나, 집이 없을 때라는
것을 반복해서 확인한다.

하미나, 『미쳐 있고 괴상하며 오만하고 똑똑한 여자들』(동아시아, 2021)

60,000,000,000

어느 여성 작가는 권력이란 "남을 기쁘게 해 줄 필요가 없는 것"이라고 정의했다.

나는 어릴 때부터 "여자는 사랑받아야 행복하다"고 배웠다. "어리고 예쁜 여자가 유능한 남자의 선택을 받는다"고 믿을 것을 은연중에 강요당했다. 아직도 많은 여성이 외모나 다이어트, 뷰티, 패션 등에 많은 시간과 비용을 쓴다. 나도 어렸을 땐 이로부터 완전히 자유롭지 못했다. 30대 초반까지도 외출 전 머리와 화장에 세 시간을 썼다. 지금은 거울 앞에서 보내는 시간이 아까워 머리도 최대한 짧게 자르고 화장도 거의 하지 않는다. 그 시간에 내가 하는 일에 몰두하는 것이 내 가치를 훨씬 높여 준다.

우리가 어릴 때부터 "소녀들이여 야망을 가져라!"라는 응원을 듣고 자랐다면 어땠을까? 자신의 욕망에 충실한 삶을 살고, 경제적으로 자립할 능력을 키우는 데 집중할 수 있도록 모두가 응원해 주었더라면? 능력 있는 남자에게 선택받기를 바라기보다 스스로 돈과 권력을 쟁취하고 그것을 건강하게 다룰 능력을 배웠더라면?

KB금융지주에서 25~59세 1인 가구 2천 명을 대상으로 조사한 바에 따르면, 주거가 안정된 경우 4명 중 3명이 본인의 삶에 만족한다고 응답했다. 평생 나를 먹여 살릴 일과 일을 통해 얻는 힘은 당연히 여성에게도 필요하다. 그 힘은 여성에게 보다 많은 자유와 선택지를 줄 수 있을 것이다.

위아래로 띠동갑인 사람들과
알고 지내면서 꾸준히 소통하자.
새로운 미디어를 경험하고
그 자극을 받아들이는 것도 중요하다.

하세가와 요시야, 『백년 두뇌』(조해선 옮김, 북라이프, 2018)

61,000,000,000

2003년 효리 언니는 10분 만에 상대를 유혹해 버리겠다며 「10 Minutes」라는 노래를 들고 나와 시장을 흔들었지만 그로부터 20년이 지난 2023년, 10분도 길다. 이제는 1분 안에 모두를 사로잡아야 한다. 바야흐로 '숏폼의 시대'다.

'젠지'라 불리는 요즘 젊은 세대와 '알파 세대'로 불리는 그 다음 세대는 확실히 짧은 영상 콘텐츠에 익숙하다. '틱톡'부터 '릴스'까지 이제는 기업에서도 롱폼보다 숏폼 영상에 집중한다. 이에 대해 기성세대는 "그래서 젊은 세대의 문해력과 집중력이 떨어진다"라고 걱정하지만, 젊은 세대는 이렇게 되받아친다. "아니, 긴 글을 볼 수 없을 정도로 바쁜 세상을 만들어 놓고 긴 글을 읽으라니 어이없다."

콘텐츠의 길이가 짧아진 지금 같은 때 과연 진지한 사유가 가능할까? 숏폼 콘텐츠를 만드는 입장에서 늘 하는 고민이지만, 따지고 보면 두 시간짜리 영화나 두꺼운 책도 결국 사람들의 마음에 가닿는 건 전체를 관통하는 '하나의 주제'다. 그것은 하나의 이미지가 될 수도 있고 하나의 문장으로 요약될 수도 있다. 오히려 사회가 변하면 효과적인 전달 방법 역시 달라질 수밖에 없다는 것을 받아들여야 한다. 다른 성별, 다른 세대와도 열린 마음으로 대화하며 해법을 찾아 나가는 지혜가 더욱 필요한 시대가 되었다.

학교에서는 부자들이 알고 있는 것을 가르치지 않습니다.

로버트 기요사키 외, 『부자 아빠 가난한 아빠 1』(형선호 옮김, 민음인, 2000)

62,000,000,000

하고 싶은 일을 하며 큰 걱정 없이 사는 것이 어쩌면 어린 시절부터 학교 선생님과 부모님 말씀을 잘 듣지 않았기 때문이라는 생각이 문득 들 때가 있다. 내가 20대였던 20년 전, 많은 청년들이 공무원 시험에 목숨을 걸었다. 2011년 9급 공무원 시험 경쟁률은 무려 93:1이었다. 도서관 열람실에 가면 젊은 사람의 90퍼센트는 공무원·공기업 시험 준비를 하고 있었다. 중·고등학교 시절 반에서 공부 잘하는 여자아이들은 대부분 교대로 진학했다. '여자에게는 그 길이 최고로 편하고 안정적'이라는 인식이 있었다.

그런 분위기 속에서도 나는 늘 책상 밑에 무라카미 류의 '못된' 소설들을 숨겨 두고 읽었다. 공부도 정말 못했다. 시험공부를 제대로 해 본 적이 없기 때문이다. 아빠는 이런 나를 늘 한심하게 생각했다. 아빠 역시 여자는 교대에 가는 것이 '최고의 신붓감'이 되는 가장 빠른 길이라고 강조했다. 하지만 나는 일단 최고의 신붓감이 될 생각이 전혀 없었다. 안 그래도 매일 아침마다 학교에 가는 게 괴로워 죽겠는데 어떻게 졸업 후에도 매일 학교로 출근하는 삶을 택할 수 있는지 신기할 뿐이었다.

세상은 생각보다 빠르게 변한다. 최근 신문을 보면 인구 절벽이 점점 더 가팔라져서 임용 규모가 큰 폭으로 줄었다는 기사가 자주 보인다. 우리 때는 '철밥통'이라 불리던 안정적인 공무원이 되고도 5년 내 그만두는 사람들도 예전에 비해 늘고 있다. 2022년 8월 기준 9급 공무원 시험의 경쟁률은 30년 만에 최저치를 기록했다.

미래는 알 수가 없다. 그렇기에 더욱 본인이 하고 싶은 일, 하고 싶은 공부를 스스로 찾는 것이 중요하다.

식당을 창업하려면 요리는 할 줄
몰라도 음식을 좋아해야 한다.

백종원, 『백종원의 장사 이야기』(서울문화사, 2016)

63,000,000,000

트위터에서 "좋아하는 것이 일이 되면 좋아하는 것마저 없어지기 때문에 좋아하는 것은 취미로 남겨 두라"라는 말을 보았다. 좋아하는 일을 하며 살고 있는 사람으로서 말하자면, 좋아하는 것이 일이 되면 솔직히 노는 것보다 일하는 게 더 재미있다.

HBO 다큐멘터리 「워런 버핏이 된다는 것」Becoming Warren Buffett의 마지막 부분에서 버핏은 이런 말을 남긴다. "인생에서 중요한 것은 돈에 상관없이 좋아하는 일을 직업으로 삼는 것이다. 그러면 매일 아침 이불을 박차고 일어날 것이다. 또 즐거운 하루가 시작될 테니까." 본인은 좋아하는 일을 직업으로 삼을 수 있어서 늘 일터에서 탭댄스를 췄다고 한다.

물론 좋아하는 일이 돈이 되지 않거나, 먹고살기 빠듯한 정도의 돈밖에 벌어다 주지 못하면 부가적인 일을 해야 하기 때문에 지칠 수 있다. 나 역시 경험해 봤다. 맞다. 괴롭고 서럽다. 좋아하는 일만 하면서 돈까지 충분히 버는 것은 정말로 어렵고 어느 정도 운도 필요한 일이라고 생각한다.

하지만 인생은 생각보다 길다. 워런 버핏의 투자 수익률이 높은 이유는 역시 그가 오래 살았기 때문이다. 배우 윤여정의 인터뷰에서도 항상 빠지지 않는 말이 "오래 살면 다 이겨"다. 그러니 여러분도 좋아하는 일로 돈을 많이 벌 수 있도록 무언가를 좋아하는 마음을 쉽게 놓지 말고, 건강히 오래 사시길!

'스트레스 + 휴식 = 성장'은
어디에나 적용되는 성공 공식이다.

브래드 스털버그, 『피크 퍼포먼스』(김정아 옮김, 부키, 2022)

64,000,000,000

글 쓰는 일을 건강히 오래 하려면 체력이 받쳐 줘야 하니 큰맘 먹고 PT를 받을 때 트레이너가 말했다. 가령 하체 근육을 키우려고 스쿼트를 시작한다면, 내가 할 수 있는 최대치에서 한두 번 더 해야 근육이 생길 수 있다고.

그게 끝이 아니다. 거기서부터 시작이다. 최선을 다해 힘을 썼다면 충분히 쉬어 줘야 근육이 생긴다. 근육은 평소보다 강한 힘을 줘서 근섬유가 손상되면 그게 회복되며 생기는 것이다. 따라서 이때 충분한 영양소와 단백질을 공급하고 충분히 휴식해야 한다.

'건강에 좋은 운동'이라고 말하지만, 몸의 입장에서 운동이란 스트레스다. 하지만 적절한 스트레스는 인생을 살아가는데 피할 수 없고, 오히려 필요한 자극이다. 적절한 스트레스에 충분한 휴식이 만나면 좀 더 강한 내가 된다. 그렇게 몸과 마음에 단단한 근육이 생긴다.

부자들은 재산을 모으는 데
도움이 될 수 있도록 시간과 에너지와
돈을 효율적으로 분배한다.

토머스 J. 스탠리·윌리엄 D. 댄코, 『이웃집 백만장자』(홍정희 옮김, 리드리드출판, 2022)

65,000,000,000

연휴의 마지막 날. 아무것도 하지 않고 내내 누워만 있다가 다음 날 출근을 떠올리며 허탈함과 자괴감에 빠져 본 적이 있을 것이다. 별로 친하지도 않은 직장 상사의 결혼식과 먼 친척의 대소사로 휴일의 대부분을 써 버렸을 때 역시 비슷한 마음이 든다. 결국 내 시간을 온전히 내가 원하는 것으로 채울 때 활력이 생기고 에너지가 생긴다.

심리학자 최인철의 강연을 듣던 중에 "행복은 결국 시간 관리"라는 말을 듣고 무릎을 쳤다. 나 역시 단순히 돈을 더 많이 벌기보다 매일 행복하고 싶어서 하루를 계획적으로 보낸다. 신기한 것은 그랬더니 돈이 더 잘 모이더라는 것이다. 놀라운 선순환이다. 그렇기에 매일 일상에서 적절한 휴식을 가지려고 노력한다. 글 쓰고 일하는 사이사이 낮잠과 필라테스 시간을 넣어 둔다. 한 달에 한두 번은 마사지 또는 도수 치료를 받으며 몸과 기분을 돌보고, 다양한 직업의 친구들과 교류하는 모임을 열어 에너지를 주고 받는다.

시간 관리에서 '일의 우선 순위를 잘 계획하는 것'만큼 중요한 것이 '좋은 휴식을 갖는 것'이다. 내게 '좋은 휴식'이란 뭉텅이로 떨어진 시간만 있다고 되는 것도 아니고 비행기를 타고 몇 시간 떠나야 가질 수 있는 것도 아니다. 하루의 일과를 완성하는 와중에도 틈틈이 '나는 지금 이 일을 정말 즐기고 있나?' '이 일은 지금 나에게 왜 필요한가?' '내가 궁극적으로 가고자 하는 방향은 어디인가?'를 스스로 묻고 답할 여유를 갖는 것이다. 이런 여유가 없다면, 돈이 다 무슨 소용이겠는가.

즐겁게 살지 않는 것은 죄다.

무라카미 류, 『식스티 나인』(양억관 옮김, 작가정신, 2004)

66,000,000,000

돈 공부를 하며 다양한 분야의 좋은 책을 많이 만났다. 이 책『돈의 말들』을 쓰려고 그중 100권을 추리면서도 실은 더 담고 싶은 책과 문장이 많아서 고민했다. 경제·경영·자기계발·마케팅·심리·인문·고전 등 다양한 분야의 책이 지금의 나를 만들었고 나의 삶을 변화시켰다. 하지만 내 인생을 뒤흔든 한 문장을 꼽으라면 여전히 고등학교 야간 자율학습 시간에 몰래 읽었던 무라카미 류의 소설 속 문장을 꼽겠다.

"즐겁게 살지 않는 것은 죄다."

매일 아침 30분의 유산소 운동 후 찬물 샤워를 하고 카페에 앉아 일을 하며 행복을 느끼지만, 때론 커피 한 잔을 앞에 두고 두꺼운 소설책을 보는 사람이 부러운 것도 사실이다. 일 년에 한 번, 일주일 정도는 휴대전화를 완전히 꺼 버리고 어릴 적 좋아하던『해저 2만 리』부터 20대 때 늘 읽었던 뒤라스의 소설까지 오로지 유희로서의 책 읽기에 빠지고 싶다. 매일 밤, 내일 아침을 생각하며 적는 '투 두 리스트'는 잠시 미뤄 두고 현실과는 전혀 상관없는 환상의 책들이 다시 나를 어디로 데려갈지 기대하며 잠들고 싶다.

올 연말에는 꼭, 유희의 일주일을 만들어야지. 지난 3년간 열심히 돈 번 이유도 바로 이런 시간을 만들기 위해서였으니.

2002년 영국에서 개발된
행복지수는 다음의 4가지 항목으로
이루어져 있다.
1. 나는 외향적이고
변화에 유연하게 대처한다.
2. 나는 긍정적이고
스스로 잘 통제한다.
3. 나는 건강, 돈, 안전, 자유 등
나의 조건에 만족한다.
4. 나는 내 일에 몰두하며
스스로 세운 기대치를 달성하고 있다.

박용삼, 『테드, 미래를 보는 눈』(원앤원북스, 2017)

67,000,000,000

나는 이제 더 이상 돈 걱정을 하지 않는다. 자산이 많아서가 아니라 이제는 돈 버는 방법을 알아냈기 때문이다. 돈 버는 방법이란 놀랍도록 단순하다. 종일 '어떻게 하면 돈을 벌 수 있을까?'를 생각하면 된다. 물론 생각만으로는 안 된다. 적은 액수라도 어떻게든 돈을 벌 수 있는 방법들을 하나씩 시도해 보아야 한다.

중학교 때 들었던 친구 동네의 '부자 할머니'에 대한 이야기가 생각난다. 동네 사람들은 그 할머니를 "길을 갈 때도 어디 떨어진 돈이 없나만 살피는 사람"이라고 표현한다고 했다. 당시에는 "그게 무슨 말이야" 했는데, 지금 와선 '그러니 부자가 될 수밖에 없었겠구나' 한다.

돈을 많이 벌고 싶다면 정말로 돈 생각만 해야 한다. 그렇다 해도 평생 어디 떨어진 돈이 없나만 생각하고 살기에는 역시 재미있는 일이 너무 많다. 그래도 돈 공부 덕에 일단 돈 걱정에서는 벗어난 것에 감사하며, 이제는 돈 말고 다른 재미난 생각들로 일상을 채우고 싶다. 그것이 내가 생각하는 행복한 삶이다.

압박을 얼마나 잘 다루느냐에 따라 성패가 좌우되는 경우가 있다. 초점을 비전에 맞추고 의심과 두려움을 버려라. 객관적인 통찰과 해결책에 초점을 맞춰라.

도널드 트럼프, 『트럼프 승자의 생각법』(안진환 옮김, 시리우스, 2016)

68,000,000,000

막상 전업 작가가 되자, 시간을 어떻게 배분해야 할지 몰라 한동안 뒤뚱거렸다. 전에는 '치과 가는 평일'과 '글 쓰는 주말'로 시간이 정해져 있어 딱히 시간 관리라는 게 필요 없었다. 하지만 이제는 1인 예술인 자영업자로 다양한 활동에 시간을 고루 써야 한다.

이렇다 보니 정말로 일이 많은 날은 아침부터 해야 할 일에 압도되어 결국 아무 일도 하지 못하고 하루를 통째로 날리기도 했다. 그렇게 하루를 써 버리면 마음은 더욱 조급해진다. 스트레스가 쌓이고 일의 효율은 더욱 떨어진다. 이 악순환을 끊으려면 나만의 방법을 생각해야 했다. 일단 어떻게든 이 상황을 해결해야 했기에 '시간 관리'에 관한 책 5권을 연달아 읽었다. 그리고 아래처럼 나에게 맞는 방법을 만들고 적용했다.

다짐: 걱정할 시간에 그냥 바로 일을 시작하자.

1. 전날 해야 할 일 리스트를 만들어 내일 해야 할 일을 4~5개 적어 둔다.
2. 가장 단순하고 빨리 할 수 있는 업무 하나를 해치운 뒤 크고 중요한 일을 시작한다.
3. 능률이 떨어지면 다시 쉽고 간단한 일을 한 가지 한다. (그렇게 되면 벌써 두 가지 일은 완료했고, 가장 중요한 일은 진행 중으로 벌써 하루 업무의 50퍼센트를 해낸 것이다.)
4. 그 기세로 계속해서 중요한 일을 이어 간다.

결론: 걱정하는 일에는 단 1분도 쓰지 않는다. "오늘 나는 무조건 해 낸다!"는 생각에만 집중할 것.

가진 것을 최대한 활용하라.

닉 할릭·개릿 군더슨, 『나는 매일매일 부자로 산다』(시크릿하우스, 2020)

69,000,000,000

2022년 8월 말부터 다음카카오의 '오늘의 숏'에 숏폼 콘텐츠를 매주 5개씩 올리고 있다. 아무리 1분 길이의 짧은 영상이라지만, 평일 1일 1회 업로드라는 것이 쉬운 일은 아니다. 그렇다고 해서 엄청나게 어려운 일도 아니다. 콘텐츠라는 것이 특별히 대단한 것이 아니라는 것을 깨닫기만 한다면 말이다.

잘 관찰해 보면 일상이란 소소하고 특별한 순간들의 모음이다. 아침에 일어나자마자 침대를 정리하고 물 한 잔을 마시는 것도 '좋은 습관'이라는 콘텐츠가 될 수 있고, 친구가 키우는 개와 함께 산책하다가 매년 발생하는 유기견 수가 10만 마리라는 이야기를 나눈 것 역시 하나의 정보 콘텐츠가 될 수 있다. 마트 마감 시간에 맞춰 장을 보러 가는 것도 '알뜰한 쇼핑 팁'이라는 콘텐츠로 바뀔 수 있다. 매일 만나는 일상의 순간들을 그저 흘려보내지 않고 SNS에 포스팅하고 『별게 다 영감』이라는 책으로 묶어 낸 이승희 마케터처럼 콘텐츠 크리에이터는 누구든 될 수 있다. 매 순간 깨어 있기만 한다면!

당신이 장기적으로 행복해지기 위해 무언가를 매일 꼬박꼬박 하는 것은 시스템이다. 반면에 특정한 어느 시기에 무언가를 달성하고자 기다리고 있다면 그것은 목표다.

스콧 애덤스, 『더 시스템』(김민수 옮김, 베리북, 2020)

70,000,000,000

동네 친구 책선생은 대표적인 아침형 인간으로 그의 기상 시간은 새벽 5시다. 사람들은 그의 기상 시간에 놀라고 대단하다고 말하면서 본인들도 미라클 모닝을 계획한다. 일찍 일어나서 모닝 페이지를 쓰고 조깅도 하고 출근 전에 이것저것 해야지 계획을 세운다. 하지만 대부분의 사람들은 그가 일찍 일어나는 것에 놀랄 뿐 그가 언제 잠드는지는 거의 물어보지 않는다. 그는 보통 밤 9시가 되면 잠자리에 든다. 그가 매일 남들보다 일찍 일어날 수 있는 이유는 남들보다 일찍 자기 때문이다. 아침에 몇 번 일찍 일어나는 것은 가능할지라도 밤의 달콤한 시간을 매번 포기할 수 있는 사람은 흔치 않을 것이다.

나는 재미있는 일을 하고 싶었다.
돈을 버는 것도 좋고, 성공하는 것도
좋지만, 그것이 재미있는 일이어야
했다.

박진영 ,『무엇을 위해 살죠?』(은행나무, 2020)

71,000,000,000

인생은 '내가 선택한 결과의 합'이라고 할 수 있다. 그 말인 즉 내가 선택한 것들이 결국 내 인생을 채워 나간다는 말이다.

나는 길게 행복하고 오래 즐겁기 위해 때론 짧게 괴로운 쪽을 선택한다. 보통 평일 아침이 그렇다. 아침 6시, 내 몸 아래는 따뜻한 온수 매트가 켜져 있고 포근한 이불이 내 몸을 감싸고 있다. 너무 행복하다. 이 기분을 계속해서 느끼며 다시 잠든다면 그 역시 행복이다. 게다가 나는 출퇴근 시간이 따로 없는 프리랜서다. 이대로 늦잠을 자더라도 아무도 뭐라고 할 사람이 없다. 다만 늦잠으로 인해 일정이 미뤄지고 초조한 마음이 생긴다면, 종일 괴로울 것이다.

그래서 침대 위에서 뒹굴거리는 행복한 시간을 10분으로 정하고 그 10분이 지나면 멋있게 이불을 걷어차고 집을 벗어난다. 차가운 공기를 마시며 헬스장으로 간다. 트레드밀 위에서 숨이 차도록 뛴다. 무거운 기구를 든다. 분명 이렇게 몸을 괴롭히는 것보단 따뜻한 이불 속에 있는 게 몸은 더 편하다. 하지만 이 한 시간만 지나면 큰 행복이 찾아온다. 운동 후 샤워하며 느끼는 행복감은 어마어마하다. 몸이 풀어지고, 아이디어가 쏟아진다. 개운한 상태로 오늘 내가 해야 하는 일들을 생각하고 카페로 간다. 운동과 아침 샤워는 내가 선택한 일들을 더욱 명료하게 처리할 수 있게 도와 준다.

해야 할 일에 집중해서 얼른 끝내고 나면, 근심 없이 나머지 시간을 보낼 수 있다. 얼른 따뜻한 매트가 있는 침대로 돌아와서 책을 읽을 수도 있고, 음악을 들을 수도 있고, 아무것도 하지 않고 뒹굴거릴 수도 있다. 무엇보다 오늘 맡은 일을 잘 해냈다는 뿌듯함과 함께 걱정 없이 깊이 잠들 수 있다.

나는 욕심이 많은 사람이라 짧게 행복한 것보다 길게 행복한 쪽을 택한다.

**'원하는' 것과
'필요한' 것을 구분하라.**

브라운스톤, 『부의 본능』(토트, 2018)

72,000,000,000

근래 가장 만족스러웠던 소비를 꼽아 보라면 단연 스마트폰이다. 곰곰 생각해 봐도 이만큼 만족스러운 소비는 없다.

이전까지 휴대전화는 그저 연락이나 인터넷 검색 용도로 가장 저렴한 것을 골랐다. 휴대전화를 꺼내면 다들 "이건 뭐야?"라고 할 정도로 인기 없는 품종의 기기를 최대한 오래 쓰곤 했다. 그런데 언젠가 나의 주식 멘토 JHK가 요즘 시대에 휴대전화는 돈을 버는 기기라고, 그런 데는 돈을 아끼지 않는 것이 좋다고 일러주셨다. 그러고 보니 이제는 휴대전화로 주식도 하고, 유튜브 촬영도 하고, 녹음도 하고, 스케줄 관리도 하고, 음악도 듣는다. 각종 정보를 가장 빠르게 얻을 수 있는 곳도 휴대전화다. 그동안은 조금이라도 돈을 아끼겠다고 저장 공간도 가장 적은 것을 택해 사진을 찍을 때나 앱을 새로 다운로드할 때마다 기존 것을 지우느라 불편이 컸다.

이번엔 나에게 투자하는 마음으로 스마트폰에 돈을 쓰자 결심하고 당시 가장 최신 기종에 좋은 화질의 카메라, 최고 사양의 모델을 골랐다. 신기하게도 스마트폰 하나를 바꿨을 뿐인데 생활 만족도가 크게 올랐다. 그리고 이 스마트폰으로 이것저것 많은 일을 하며 돈을 벌고 있다.

스마트폰이 돈을 벌어다 주는 기계라는 생각을 하면 볼 때마다 기특하다는 생각이 든다. 더 소중하게 쓰게 된다.

부자의 길은 단순하고 평범한
진리로 닦여져 있습니다.
다만 그 길을 기꺼이 가는 사람이
위대할 뿐입니다.

박용석, 『한국의 젊은 부자들』(토네이도, 2006)

73,000,000,000

일 관련 약속이 있으면 약속 장소에 10~20분 정도 일찍 도착한다. 가끔 나보다도 먼저 도착해 있는 사람을 볼 때면 이 사람 역시 나처럼 오늘의 약속을 중요하게 생각하고 있구나 하고 감사한 마음이 생긴다. 비즈니스에서 약속을 중요하게 생각하라는 말은 바로 거기서 오는 것 같다. 마음과 태도가 다르게 나타나기란 어렵다.

내가 약속 장소에 10~20분 먼저 도착하는 이유는 무엇보다 나와의 약속을 지키기 위해서다. 내가 나와의 약속을 중요하게 생각하자 다른 사람 역시 나와의 약속을 중요하게 생각해 주었다. 내가 나를 존중하면 타인도 나를 존중하게 된다. 신기한 일이다.

기분이 좋지 않은 날에도 항상
최고의 얼굴을 하고 있어야 합니다.
고객에게 남는 것은 그 얼굴입니다.

말콤 글래드웰, 『블링크』(이무열 옮김, 김영사, 2020)

74,000,000,000

유튜브 '덕분'에 난생처음 정형외과에 갔다. 이전까지는 어깨가 아프다, 허리가 쑤신다는 말을 달고 다니는 사람들이 꾀병을 피운다고 생각했다. 아니, 어떻게 그렇게 계속해서 아플 수가 있지? 당최 이해되지 않았다. 그러다 독학으로 동영상 편집을 시작하며 정말로 '내내' 나를 따라다니는 통증을 경험했다. 치과에서 종일 서서 일해도, 종일 앉아서 글을 쓸 때도 이런 적은 없었다.

영상 편집 요령이 없으니 10분짜리 영상을 만드는 데 10시간이 걸리는 날도 있었다. 'Vrew' 같은 자동 완성 자막 앱이 있는 줄도 모르던 때는 일일이 싱크를 맞추며 자막을 넣었다. 정말로 무식했다. 먼저 양쪽 어깨로 찾아온 통증을 느끼고 마사지 숍에서 전신 마사지도 받아 봤지만 나아지지 않아 결국 정형외과를 찾았다. 치료에 대한 아무런 정보가 없는 상태였고, 물리치료에 5분의 수기치료가 포함되어 있다는 설명을 들었다. '60분 전신 마사지로도 안 되는 게 5분 마사지로 될까?' 의심을 참지 못하고 물었다. "이렇게 몇 분 받는다고 좋아질까요?"

어쩌면 실례가 될 수도 있는 질문에 담당 물리치료사는 웃으며 말했다. "몸은 계속해서 관심 가져 주고 만져 주면 진짜 좋아져요." 그리고 5분 동안 정성껏 어깨를 풀어 주었다.

물론 통증은 요즘도 종종 느낀다. 여전히 영상 편집을 하고 매일 글을 쓰기 때문이다. 대신 선생님 말씀대로 몸을 자주 점검하고 운동을 빼먹지 않으려 노력한다. 통증이 조금 심해질 것 같다 싶으면 병원에 간다. 만난지 1년이 넘었지만 언제 가도 선생님은 처음 봤을 때와 같이 웃는 얼굴로 정성껏 치료해 준다.

"선생님, 나중에 다른 사업 같은 거 하시게 되면 말씀하세요. 제가 투자할게요."

농담처럼 웃으며 말했지만, 진심이다. 하나를 잘하는 사람이 보통 둘도 셋도 잘한다.

1차 공감 능력,
2차 공감 능력, 고도 공감 능력.

김지헌, 『가치를 사는 소비자, 공감을 파는 마케터』(갈매나무, 2016)

75,000,000,000

프리랜서로 다양한 사람들과 일하며, 담당자가 여성일 때 항상 일이 기분 좋게 마무리된다는 공통점을 느꼈다. 왜 그럴까 생각해 보니, 일단 모두가 기본적으로 배려심과 공감 능력을 가지고 있었다. 여자라서 타고났다기보다는 여자라서 그런 스킬을 더 교육받을 수밖에 없었을 것이다.

나는 이것이 비즈니스에서 굉장한 장점이라고 생각한다. 그동안 여성들은 이런 '기술'을 가정 안에서 쓸 뿐 공적으로 사용할 기회가 없었다. 그러니 제대로 평가받지도 못했다.

'소프트 스킬'이란 타인과 협력하는 능력, 감정을 조절하는 능력, 문제 해결력, 커뮤니케이션, 리더십, 상황 유연성 등을 말하는 것으로 AI 시대에 더욱 강조되는 능력이다. 이는 일정 시간 동안 집중해 자격증을 취득하는 등의 '하드 스킬'과 다르게 오랜 시간을 들이고 경험이 누적되어야 습득할 수 있다.

예전에는 왜 여자는 그런 걸 강요받아야 하나 했는데 사회생활을 해 보니 '오히려 좋다'. 우리는 그 어렵다는 소프트 스킬을 이미 갈고 닦고 있었던 거다.

타인과의 관계는 거울과 같아서 나에 대한 배려가 보이면 나 역시 상대에게 한없이 너그러워진다. 이런 소프트 스킬을 가진 여성들과 사회에서 돈과 일로 좀 더 자주 엮이고 싶다.

이들에겐 좋은 것만을 반복하려는
의지가 있다. 반복하고 싶지 않은
것을 반복하지 않을 힘도 있다.

이슬아, 『가녀장의 시대』(이야기장수, 2022)

76,000,000,000

이슬아 작가를 처음 알게 된 건 『아무튼, 출근』이라는 TV 프로그램에서였다. 자신이 만든 출판사 겸 집에서 우아하게 걸어 나와 책상에 앉아 글을 썼다. 매일 문장을 지어서 한 집안을 책임지고 있었던 거다. 학자금 대출을 갚으려고 시작했다는 메일링 서비스 '일간 이슬아'는 들어 본 적 있었지만, 매일 글을 쓰고 독자와 소통하기를 그렇게 오랫동안 지속하고 있는 줄 몰랐다. 내 주변에도 이슬아 작가의 팬이 많았는데, 왜 한 번도 그의 책을 볼 생각을 못했을까? 이제 와서 그의 첫 번째 책 『나는 울 때마다 엄마 얼굴이 된다』를 읽으니, 초창기부터 그의 팬이 되지 못한 게 아쉽다.

나는 지난 10년 동안 작가로 살며 제대로 돈을 벌지 못했다. 글을 써서 먹고살지 못한다는 것을 확인할 때마다 괴로웠다. 더욱 괴로운 건 작가가 되고 싶다는 작가 지망생들에게 "글만 써서는 먹고살지 못한다"라는 말을 전할 때였다. 내가 사랑하는 일이고, 그것을 꿈꾸는 사람들에게 희망적인 이야기를 전해 줄 수 없다는 것이 괴로웠다. 돈 공부를 시작하면서도 내가 돈을 버는 방법은 글쓰기와는 동떨어진 방법이 대부분이었다. 그 점이 작가의 꿈을 꾸는 후배들에게 조금 부끄러웠다. 하지만 이슬아 작가는 좋아하는 일만으로도 충분한 돈을 버는 것을 보여 줬다. 이슬아를 따라 유료 메일링 서비스로 본인의 글을 독자에게 직접 전달하는 작가들도 많이 생겨났다. 그는 에둘러 가지 않고 예술로 먹고사는 방법을 직접 만들어 보여 줬다. 그 참신하고 대범한 용기에 깨끗한 존경을 보낸다.

부자가 되려 하지 말고 "저 사람과 함께 있으면 항상 재미있다!"라는 말을 듣는 인생을 지향하기 바란다.

호리에 다카후미, 『가진 돈은 몽땅 써라』(윤지나 옮김, 쌤앤파커스, 2021)

77,000,000,000

"어떻게 하면 재미있는 글을 쓸 수 있나요?"라는 질문에 대한 답은 간단하다. 재미있는 사람이 되면 된다. 결국 재미있는 사람이 재미있는 글을 쓰기 때문이다. 작년에 『어른이 되면 단골 바 하나쯤은 있을 줄 알았지』라는 재미있는 에세이를 읽었다. 이 책이 재미있을 수밖에 없는 이유는 이 책을 쓴 박초롱 작가가 아주 재미있는 사람이기 때문이다.

매력적인 사람은 대부분 재미있다. 내가 좋아하는 배우 윤여정의 인터뷰를 살펴보면 유독 '재미'와 '유머'를 강조하는 이야기가 많다. 어느 인터뷰에서 그는 "난 재미없는 사람하고는 안 놀거든"이라고 말하기까지 했다. 자, 그렇다면 과연 '재미'란 무엇일까. 다음은 국어사전의 정의다.

아기자기하게 즐거운 기분이나 느낌. 좋은 성과나 보람 또는 이익. 안부를 묻는 인사말에서, 어떤 일이나 생활의 형편을 이르는 말.

'재미있는 사람'이란, 사소한 일에도 쉽게 즐거움을 찾는 사람이다. 매일 반복되는 일상에서도 작은 기쁨을 찾으려고 노력하는 사람, 최악의 상황에서도 유머를 잃지 않는 사람, 도전을 두려워하지 않고 작은 성취에도 만족하며 그 기쁨을 주변과 나눌 수 있는 사람이다. 이런 사람이 매력적이지 않기란 어렵다.

내가 할 이야기에 대해 충분히 전문가가 되었다면 이제는 본격적인 연습을 해야 한다. 혼자서 중얼중얼 몇 번 말해 보고 마는 연습 말고, 누군가 툭 쳤을 때 연습하던 말이 자다가도 바로바로 튀어나올 정도의 연습을 해야 한다.

정은길, 『첫마디의 두려움을 이기는 법』(갈매나무, 2020)

78,000,000,000

워런 버핏의 회사 버크셔해서웨이의 복도에 걸린 수료증은 대학 졸업장도 컬럼비아대학교 경영학 석사 학위도 아닌 데일 카네기 코스 합격증이다. 대중 연설에 공포증이 있던 워런 버핏에게 데일 카네기 스피치 세미나는 정말로 인생의 큰 변화를 주었다고 한다. 나 역시 대중 연설 공포증이 있는 사람으로서 무대에 서는 일은 언제나 피하고 싶은 일 중 하나였다. 청중이 몇 명이든 간에 무대에만 서면 목소리가 염소처럼 떨렸다. '이걸 고치지 않으면 평생 발목을 잡히겠구나' 생각하고 '대중 앞에서 강연하는 법' 수업을 찾아간 워런 버핏처럼 나에게도 변화가 필요했다. 아나운서 출신에 지금은 '첫눈 스피치 교실'을 운영하는 정은길 작가를 찾아갔다.

"아나운서들이 말을 잘하는 이유는 간단해요. 아나운서 지망생들은 단 세 줄짜리 뉴스 문장도 하루 종일 연습해요. 입에서 단내가 날 때까지 그 세 줄을 읽고 또 읽어요. 카메라에 빨간 불이 들어오면 긴장하는 건 누구나 똑같아요. 대신 그 문장을 종일 연습했기 때문에 극복하고 할 수 있는 거예요. 말을 잘하고 싶다고 하면서 몇 번 책을 따라 읽곤 '나도 노력했다'고 해요. 하지만 어설픈 연습은 제대로 한 게 아니에요. 몸에서 자동으로 튀어나올 정도로 제대로 해야 돼요."

듣고 보니 내가 스피치에 약했던 이유는 그만큼 노력하고 시간을 쓴 적이 없었기 때문이다. 언제나 도망칠 궁리만 했다. 대중 앞에서 말을 잘하고 싶다면 일단 내가 정말로 하고 싶은 이야기를 정하고, 그것에 충분히 시간을 투자해서 철저히 연습하면 된다. 진실은 언제나 명쾌하다.

마케팅은 '백 코에 한 코'라고
생각한다. 뜨개 바느질에 비유한
말인데, 백 번 행동했을 때 그중
하나가 얻어걸릴 수 있다는 의미다.

노희영, 『노희영의 브랜딩 법칙』(21세기북스, 2020)

79,000,000,000

유튜브를 시작한 건 나의 불찰이었다. 솔직히 쉽게 돈을 버는 것 같았다. 잘못된 생각이었다. 시작하자마자 후회했다.

①시간이 이렇게 많이 드는지 몰랐다. ②말하기에 적합한 글을 쓰는 것과 그 글을 직접 읽어 잘 전달하는 것은 내가 잘하는 분야가 아니었다. ③들인 시간과 노력 대비 구독자가 잘 늘지 않았다. ④독학으로 편집하다 보니 몸 여기저기가 아프기 시작했다. 시간과 체력이 처참하게 갈려 나갔다.

그럼에도 지금까지 채널을 유지하고 있는 이유는 이것을 통해 얻은 것이 분명히 있기 때문이다.

①객관적인 시선으로 나를 볼 수 있었다. 편집된 영상 속에서 친구들과 이야기하는 도중 넘치는 개그 욕심으로 상대의 말을 자꾸만 끊어 내는 나를 발견했다. 어쩜 그렇게 얄미운지! 이런 나와 놀아 주는 친구들에게 감사한 마음이 들 정도였다. ②카메라 앞에서 느끼던 두려움이 많이 줄었다. 예전에는 방송 출연 일정이 잡히면 내과에서 진정제를 처방받아야 했지만, 지금은 TV 촬영장에서도 예전처럼 떨지 않는다. ③세상에 쉬운 일은 없다는 걸 다시 한번 느꼈다. 쉽게 버는 돈이란 없다. ④욕심을 버리고 구독자 수에 상관없이 '백 코의 한 코' 전략으로 딱 100개만 올려 보고 접자는 생각에 일주일에 한 개는 업로드했더니, 구독자도 차츰차츰 늘었다.

결국 중요한 건 꾸준히 해내는 힘이란 걸 유튜브 채널을 열면서 또 한 번 배웠다.

브랜드는 속임수가 되어서는 안 된다.
브랜드는 제품의 본모습을
유쾌하게 표현하는 수단이어야 하며,
궁극적으로 사람들의 삶에서
긍정의 힘이 되어야 한다.

에밀리 헤이워드, 『미치게 만드는 브랜드』(정수영 옮김, 알키, 2021)

80,000,000,000

다양한 소셜미디어를 통해 기업만큼 파급력을 가지는 인플루언서들이 등장한 탓에 모두가 퍼스널 브랜딩에 열을 올린다. 그럴 수밖에 없는 게 회사는 나를 평생 책임져 주지 않고, 기대수명이 늘어 노후의 삶은 점점 길어지고 있다. 이 와중에 국내 출생 인구는 급감하고 있어 이대로라면 2055년에는 국민연금이 고갈될 것이라는 예측도 나온다. 내 밥그릇은 내가 챙겨야 한다는 위기감이 사람들 사이에 가득하다.

인스타그램에는 퍼스널 브랜딩에서 강조하는 '일관성'을 토대로 본인만의 퍼스널 컬러를 정해 피드를 꾸미는 사람들이 많다. 주로 일상을 기록하는 주 계정 외에 부업 관련 계정을 따로 만들고 관련 정보를 쌓아 팬을 모으고, 팬들을 지칭하는 애칭까지 만들어 부르면서 자신의 상품을 판다. 하지만 대부분이 이런 방법을 따르니 금방 지루해진다.

나 역시 콘텐츠 창작자로서 브랜딩의 중요성을 모르는 것은 아니지만, 유행하는 브랜딩 방식에만 몰두하기보다 자기만의 멋진 아이디어 하나를 끌고 가는 것이 더 중요하다고 생각한다. 그게 더 멀리, 오래가는 브랜드를 만들어 주지 않을까?

"인류를 구하기 위한 사업을 한다"라는 일론 머스크에게 그를 상징하는 퍼스널 컬러는 없다. 경영학의 아버지라 불리는 피터 드러커는 『프로페셔널의 조건』에서 "인류에게 공헌할 만한 목표를 세우는 것이 먼저다"라고 말했다. 현재 세계적으로 영향력을 가지는 사람들은 유행하는 방식의 브랜딩보다 자신의 독창적인 아이디어로 다른 사람들이 쉽게 따라 할 수 없는 일을 하는 데 더 주력했다.

**부자로 살아간다는 것은,
그냥 지금처럼 살아가면 되는
것이라고.**

전종하,『언더독 레볼루션』(미래의창, 2017)

81,000,000,000

어느 순간부터 의무적·연출적으로 쏟아지는 SNS 콘텐츠는 사람을 조급하게 만든다. 올리는 사람 역시 마찬가지다. 뭐라도 해야 하는데, 뭐라도 하지 않으면 금방이라도 뒤처질 것 같은 마음으로 SNS에 매달릴 수밖에 없다. 나도 아주 자유롭다고 할 수 없다. 내가 더 알려져야 나의 글이 더 많은 사람에게 닿을 수 있고 글 쓰는 삶을 계속 유지할 수 있다.

'내가 이렇게 좋은 곳에 다닌다'

'내가 이렇게 똑똑하다'

'내가 이렇게 맛있는 음식을 먹는다'

'내가 이렇게 좋은 집에 산다'

끊임없이 자신의 일상을 보여 준다. 그러다 보니 이제는 관음과 노출 사이를 벗어나서 아무것도 하지 않는 것이 가장 큰 사치처럼 느껴진다. 무엇을 사고, 무엇을 먹고, 어디에 가는지를 강박적으로 찍어 뿌리는 것이 아니라 그런 것들에서 모두 멀어질 사치. 타인의 시선과 평가에서 멀어져 오직 내 안으로 깊이 빠져들 수 있는 시간. 이제는 그런 시간이 가장 비싼 값을 지닌 시절이 된 것 같다.

최강의 업무 방식은 바로 수면.

가바사와 시온, 『당신의 뇌는 최적화를 원한다』(오시연 옮김, 쌤앤파커스, 2018)

82,000,000,000

스트레스를 받으면 만사 제치고 침대에 눕는다. 예전에는 친구들을 불러서 나에게 스트레스를 준 사람을 씹고 뜯고 욕했는데, 어느 순간 안 좋은 이야기는 하면 할수록 기운이 빠진다는 걸 깨달았다. 그렇게 시작된 술자리는 늘 길어졌고, 결국 시간과 술값, 택시비까지 쓰고도 깔끔하게 해결이 나지 않는다. 그래서 언젠가부터는 스트레스받는 일이 있어도 얼른 잊으려고 한다. 아무리 생각해 봐도 그 방법이 가장 효율적이다.

침대 속으로 들어가 이불을 턱 밑까지 당기고 눈을 감는다. 놀랍게도 한숨 자고 일어나면 몸과 마음이 어느 정도 회복되어 있다. 회복하느라 쓴 돈도 0원이다. 누군가에게 심려를 끼치지 않고도 내 에너지가 채워진다. 그래서 이제 안 좋은 일이 생기면 곱씹지 않고 '어떻게 해결할 것인가?'에만 초점을 맞춘다. 친구들과는 가급적 좋은 일이 있을 때 만난다.

더 많은 일을 하고 돈을 더 벌고 그래서 결국 하고 싶은 일을 더 잘하려면 내 에너지를 꼭 필요한 데 쓰는 것이 중요하다. 그럼에도 많은 사람들이 여전히 싫어하는 것을 생각하는 데 시간과 에너지를 쓴다. 인간관계에 유독 취약한 사람들이 있다. 그런 사람일수록 어쩔 수 없이 누군가를 싫어하고, 그를 미워하는 데 시간과 에너지를 많이 쓴다.

정말로 싫은 사람에게 내가 할 수 있는 가장 완벽한 복수는 그 사람을 내 인생에서 깨끗이 지워 버리는 것이다.

"너 따위에게는 귀중한 내 시간과 에너지를 쓰지 않겠다."

이런 마인드가 필요하다.

우리 시대의 기회는
별종을 후원하는 것,
별종에게 물건을 판매하는 것,
그리고 가능하다면
별종이 되는 것에 있다.

세스 고딘, 『이상한 놈들이 온다』(김정한 옮김, 라이스메이커, 2020)

83,000,000,000

텔레비전 없는 집이 점점 늘고 있다. 우리 집에도 텔레비전이 없다. 텔레비전이 없어 불편하지는 않다. 스마트폰으로도 얼마든지 재미있는 영상을 찾아볼 수 있기 때문이다. 요즘은 방송국에서도 방영분의 핵심만 편집해 유튜브 채널에 업로드한다. 뭣보다 내가 매주 기다리는 콘텐츠는 텔레비전이 아니라 유튜브로만 볼 수 있다. 코미디언들이 만든 유튜브 채널 '피식대학'에 올라오는 영상과 샌드박스와 정찬성 선수가 만드는 '좀비트립2'가 바로 그것이다. 두 채널은 이미 구독자 수 100만 명을 돌파했고, 매주 올라오는 콘텐츠 역시 매번 100만 뷰에 가까운 성적을 낸다. 대세는 유튜브라는 말이 틀린 말이 아니다. 이제는 유튜브에서 인기 있는 사람이 TV에 출연하고, TV 출연자들이 유튜버를 부러워한다.

불과 10년 전만 하더라도 방에 처박혀 컴퓨터 앞에서 떠드는 사람들을 '오타쿠'라 '걱정'했지만, 이제는 개인 방송 BJ들이 대기업 직장인보다 더 큰돈을 벌기도 한다. 초등학생을 대상으로 장래희망을 물으면 유튜버가 높은 순위를 차지한다. 유명 어린이 유튜브 채널 '보람튜브'를 운영하는 보람 패밀리는 2019년 95억짜리 건물을 매입하여 대중을 놀라게 했다. 2021년 국세청에 신고된 유튜버들의 전년도 수입을 살펴보면 상위 10퍼센트 유튜버의 연간 평균 수입이 2억 원을 웃돈다. 이렇다 보니 이제는 주류와 대세라는 말을 기존에 권위를 가졌던 것들에 붙이기 어려워졌다. 자본주의 사회에서는 언제나 돈이 더 모이는 쪽이 주류이자 대세니까.

우리에게 필요한 것은 행복과 성취감, 자신감, 영향력을 극대화하는 것뿐이며, 그렇게 하면 성공은 이미 이룬 것이나 다름없다.

앨런 스테인 주니어·존 스턴펠드, 『승리하는 습관』(엄성수 옮김, 갤리온, 2020)

84,000,000,000

짠테크가 재테크의 기본이라고 해도 나처럼 늦게 돈에 관심을 가진 수익 월 200만 원의 아르바이트생이 짠테크만으로 큰 부자가 되기는 어렵다. 그럼에도 내가 누구에게나 짠테크를 강조하는 이유는 '스스로를 컨트롤하는 능력'을 키우는 데 짠테크만 한 게 없기 때문이다. 소비를 컨트롤한다는 것은 자신의 감정과 욕망을 컨트롤한다는 말이고 그렇게 스스로를 단련하다 보면 자신만의 콘텐츠를 만들어 낼 수 있다.

짠테크 유튜버로 유명한 김짠부도 짠테크로 아낀 '돈'이 아니라 자신의 짠테크 '이야기'를 콘텐츠로 만들어 수익의 퀀텀 점프●를 이뤘다. 나 역시 '돈알못'을 탈출하려고 발버둥쳤던 일을 블로그에 기록하면서 원하는 일을 하며 살게 되었다.

콘텐츠는 곧 이야기다. 처음에는 대단히 멋있지 않아도 된다. 진솔하게 본인만의 이야기를 풀어내 보자. 용기를 내자. 이야기를 만드는 사람의 기준에서는 어떤 것도 완전한 실패가 아니니까.

●원래 대약진, 대도약을 뜻하는 물리학 용어지만 경제학에서 단기간에 비약적인 성장이나 발전을 이룬 경우를 가리키는 말로도 사용되고 있다.

자신에 대한 믿음을 가져라.

함성일, 『초고속 부자들의 내공』(나비의활주로, 2019)

85,000,000,000

좋아하는 일로 생활을 꾸려 보라고 하면 자기가 정말 좋아하는 일이 뭔지 모르겠다는 사람이 제법 많다. 그렇다면 좋아하는 일을 찾는 법부터 시작해 보자. '좋아하는 일'이란 '다른 일을 하고 있어도 자꾸만 생각나는 일'이다. 치기공을 전공하고 치과에 취업해서 일하던 시절 내 머릿속에는 늘 쓰고 싶은 글의 문장들이 둥둥 떠다녔다. 퇴근하고 집에 와서 포도 한 송이를 씻어 먹으며 책을 읽거나 싸이월드 다이어리에 짧은 글을 쓸 때야 비로소 온전히 그 일에 집중했고 정말 행복했다. 이렇게 그 일을 잘하든 못하든 그 일을 할 때 다른 생각이 나지 않는다면 그 일이 내가 좋아하는 일이다.

나에게는 그것이 글쓰기였지만 누군가에게는 게임이 될 수도 있고, 음악이나 연기가 될 수도 있다. 그 일을 직업으로 만들고 싶다면 일단 그걸로 돈을 벌 수 있는 여러 가지 방법을 시도해 보자. 가령 책의 좋은 구절을 필사할 때 가장 행복하다면 필사노트 사진이나 필사 장면 영상을 매일 인스타그램이나 유튜브에 올려 보자. 『30일 완독 책방』이라는 책을 쓴 조미정 작가도 SNS에서 자기처럼 필사로 기쁨을 느끼는 사람들을 모아 커뮤니티를 꾸렸고, 좋아하는 일을 직업으로 만들기에 성공했다.

내가 해 주고 싶은 충고는
당신이 이 길을 간다면
돈 이외에 다른 동기 부여가
필요하다는 것이다.

레이철 리처즈, 『나는 짧게 일하고 길게 번다』(최지희 옮김,
토네이도, 2022)

86,000,000,000

돈에 대한 대중의 관심이 높아지며 내게 들어오는 강연 섭외도 늘었다. 지역 도서관에서부터 백화점 문화센터까지, 온·오프라인으로 다양한 청중을 만났다. 정부 기관이 주최하는 강의는 신청자들에게 별도의 비용을 받지 않지만, 백화점 문화센터에서는 현장에서 강의료 일이만 원을 받는다. 나는 지금도 일이만 원이 큰돈이라 생각한다. 그래서 강연이 끝나면 바로 자리를 뜨지 않고 원하는 분들과 백화점 내 푸드코트에서 그룹 상담 시간을 갖는다. (이때 발생하는 간식비는 내가 낸다.)

내 직업이 작가라서 그런지 내 강연에는 유독 작가가 되고 싶어 하는 분들이 많이 온다. "지금 글을 쓰고 계시냐?"고 물으면 '1일 1글'을 써서 블로그에 업로드하고 있다는 분들이 많아 조금 놀라웠다. 나도 블로그를 통해 내 책을 출간할 기회를 얻었으니 그 경험을 말씀 드리면서 중요한 건 '1일 1글'보다는 한 달에 한 번이라도 제대로 쓴 완성도 높은 글을 올리는 거라고 일러준다.

책 출간이 목표라면 물론 SNS에 글을 올리고 알리는 것이 효과적이지만, 출판사에서 찾는 글은 '평범한 여러 편의 글'이 아니라 '강한 울림이 있는 글 한두 편'이다. 그런 글은 프로 작가라도 매일 하나씩 써 내는 게 불가능하다.

그러니 '1일 1글'보다는 오히려 '1일 1산책'을 권해 드린다. 어떤 주제로 글을 쓸지, 꼭 하고 싶은 이야기가 뭔지 오래 생각하고, 그 내용을 어떻게 담을지 고민하는 데 시간을 더 쓰는 편이 낫다. 걸으며 머릿속에서 먼저 문장을 요리조리 배치해 보고 어떤 순서로 쌓을지를 생각한 다음에 책상에 앉는 것이다. 아침에 눈을 뜰 때나 길을 걸을 때, 잠들기 전까지 글에 관한 생각이 가득하다면 언젠가는 꼭 그 꿈을 이룰 수 있을 것이다.

나한테 '재정적 독립은 자유와 동의어'야. 생존을 위해 다른 사람에게 의존해야 한다면, 그건 자유로운 삶이 아니지.

킴 기요사키, 『리치 우먼』(박슬라 옮김, 민음인, 2022)

87,000,000,000

누구에게든 돈이 필요하지 않겠냐마는 여자일수록 돈이 더 필요하다. 여자들은 보통 집을 구할 때도 남자보다 더 많은 비용을 지불한다. 안전에 대한 비용이다. 어두운 골목 안쪽도 피해야 하고, 반지하나 1층도 불안하다. 치안이 좋은 곳은 월세든 매매든 가격이 더 높다. 혼자 사는 여자 중에는 전문 보안 업체에 매달 돈을 지불하며 보안 서비스를 이용하는 이도 있다. 창문에 방범 장치를 따로 설치하는 경우는 굉장히 많고, 나 역시 이사를 하며 현관문에 새로운 안전 바를 추가로 설치했다.

꾸밈비도 더 많이 발생한다. 화장을 할지 말지는 개인의 선택이라고들 하지만 한국 직장에서는 '단정'을 이유로 여자에게 적당히 티 나지 않는 메이크업을 요구한다. 같은 짧은 머리라도 여자 머리 커트는 몇천 원 더 비싼 곳이 많아 '핑크 택스'라는 단어가 유행하기도 했다. 핑크 택스는 2015년 미국에서 생겨난 말로, 여성용 제품과 서비스에 더 비싼 가격이 매겨지는 현상을 가리킨다. 대한민국 통계청 조사에 따르면 2019년 여성 임금근로자의 시간당 임금은 남성 임금근로자 임금의 69.4퍼센트다. 남성보다 적게 벌지만 생활을 위해서는 더 많은 돈을 소비해야 한다.

임신과 출산에 관한 이야기를 하면 더 서글퍼진다. 한국에서 임신과 출산은 여성의 커리어에 치명적이다. 공무원이나 대기업에 다니는 경우를 제외하고는 둘째아이까지 출산하고 기존 직장으로 복귀하기가 현실적으로 어렵다. 내 대학 동기들도 아이가 유치원에 들어가고 나서야 겨우 사회로 나와 다시 일을 시작할 수 있었지만, 그들이 다시 얻은 일은 대부분 시간제 아르바이트나 화장품 방문 판매업 등이었다.

한국의 합계 출산율이 매년 최저치를 달성하는 이유는 바로 이런 모순을 여자들이 알아 버린 결과 아닐까.

우리나라에서 제일
돈 못 버는 직업이 작가래.
일 년에 564만 원.

김이슬·하현, 『우리 세계의 모든 말』(카멜북스, 2021)

88,000,000,000

함께 사는 백배와 『나의 X언니』라는 책을 쓸 때 "한글로 된 가장 멋진 에세이"라며 김이슬 작가의 글을 소개한 적이 있다. 『우리 세계의 모든 말』이라는 책의 서문이었다. 작가 개인의 경험을 솔직한 감정을 담아 써낸 글로, 그렇게 완벽할 수가 없었다.

책이 출간되고 한동안 뜸하던 김이슬 작가의 브런치에 새 글이 올라왔다. 7년 동안이나 폭식증으로 괴로웠고 최근 정신과 상담을 받기 시작했다는 내용이었다. SNS로 알게 되어 작년엔 직접 만난 적도 있지만, 그런 사연이 있는 줄은 전혀 알지 못했다. 그의 글을 좋아하는 독자로서, 어떤 도움을 줄 수 있을까를 고민하다가 그가 쓰는 글을 꼼꼼히 챙겨 읽고 열심히 홍보하기로 마음먹었다. 그가 글을 쓰며 스스로 문제를 해결할 방법을 찾을 수 있도록 옆에서 도울 생각이다. 과거의 내 친구들이 내게 그랬던 것처럼.

하고 싶은 일이 있는 사람은 결국 그것을 해야만 한다. 그리고 그 일이 충분한 돈까지 벌어다 준다면 더 바랄 것이 없는 삶이다. 내가 생각하는 '한국에서 에세이를 가장 잘 쓰는' 김이슬 작가가 궁금하다면 그의 인스타그램(@eseulssi)을 방문해 그의 글을 함께 읽고 지켜봐 주시길 바란다. 책을 읽고 글을 쓰는 여자들은 결국 자신이 원하는 것을 스스로 쟁취하게 될 것이다.

**부정적인 환경의 신호들은
그들을 악순환으로
더 경쟁에서 밀려나게 만든다.**

정주영, 『하버드 상위 1퍼센트의 비밀』(한국경제신문, 2018)

89,000,000,000

나는 '끼리끼리 논다'는 말을 좋아하고 실제로도 '끼리끼리' 논다. 정말 변하고 싶다면 주변 사람을 바꾸라는 말이 있는데 그러면 이전 친구들에게 미안하지 않을까? 특히나 내 친구들은 내가 아무것도 없던 시절부터 지금까지 나의 많은 부분을 함께 만들어 주었다.

작가를 꿈꾸고 블로그에 글을 쓸 때부터 내 친구들은 "네 글이 최고"라고, "너는 이미 작가"라고 온갖 칭찬을 퍼부어 주었다. 작가가 되는 방법을 함께 고민하고 그 방법으로 실제로 책을 출간했을 때 함께 기뻐하던 게 기억난다. 나는 정말로 그 친구들 덕분에 지금까지 글을 쓸 수 있었다고 생각한다.

국문학과를 졸업한 친구 S는, 그것이 바로 작가를 만드는 탁월한 환경이라고 말했다. 나는 이제껏 합평이라는 걸 한 번도 경험해 본 적이 없다. 실제 문예창작과나 국문과에서는 본인이 써 온 글을 서로 비평하는 시간이 많다고 했다. 교수건 학생이건 어찌나 혹독하게 평가하는지 합평 시간이 끝나면 자존감까지 무너져 힘들어하는 친구들이 많았다고 했다. 실제로 S 역시 어렸을 때부터 지역에서 글쓰기 상을 휩쓸던 학생이었지만, 대학에서 너무 많이 혼나고 잘 쓰는 사람의 글을 너무 많이 봐서 점점 글을 쓸 수 없었다고 했다. 환경이라는 것이 얼마나 중요한지 다시 생각해 보게 된다.

무엇보다 나와 내 친구들은 서로에 대해 잘 알고 함께 성장해 왔다. 자산이 얼마고, 어떤 일을 하고, 사회에서 어느 정도 성공했느냐로 서로를 판단하기에 앞서 우리는 이미 서로를 '친구' 그 자체로 보아 왔다. 힘든 일이 생겼을 때 진심으로 걱정하고 좋은 일이 있을 때 진심으로 축하해 줄 수 있다. 좋은 환경이라는 것은 바로 이런 친구들과 함께한다는 것이 아닐까.

건강만큼 인생에 막강한 영향력을
행사하는 괴물도 없다. 비즈니스와
인간관계의 꼴은 '건강'임을 기억하라.
건강을 우선순위에 두지 않으면
그것을 되찾는 데 엄청난 시간과
비용을 잃게 된다.

팀 페리스, 『마흔이 되기 전에』(박선령·정지현 옮김, 토네이도,
2018)

90,000,000,000

여전히 짠테크를 사랑하지만 이제는 예전처럼 무작정 허리띠를 졸라매지는 않는다. 늘어난 수입만큼 내야 할 세금도 늘었고, 소득이 높아지면 소비도 그에 맞춰 따라가야 하는 것이 정상이다. 나는 주로 사람을 만날 때와 내 일을 위한 투자에 돈을 쓴다. 시간을 사는 데도 쓴다. 나는 이것을 '가치 소비'라고 부른다.

내 일에 대한 투자란 나에게 투자하는 것이다. 지금 내가 하는 사업은 모두 나로부터 시작하기 때문에 내 건강을 유지하고 스트레스를 관리하고 교양과 지식을 쌓는 데 돈을 쓴다. 주 7일 헬스장에 가고 일주일에 3~5회 필라테스 수업을 듣는다. 하루 세 끼 식사에 과일과 영양제를 챙겨 먹는다. 한 달에 10권 정도의 책을 구입한다. 매일 몸의 컨디션을 살피고 필요에 따라 마사지와 도수 치료도 받는다.

독학으로 유튜브 편집을 하면서 생긴 근육통 때문에 지난 1년여간 고통스러웠다. 돈을 아끼겠다고 제대로 된 장비 없이 스마트폰만으로 편집해 오던 것이 화근이었다. 덕분에 지금도 목과 어깨가 좋지 않다. 결국 유튜브 편집용 노트북을 샀고, 숏폼 채널 편집은 외주 편집자에게 맡기고 있다. 내 시간과 건강을 위해서는 돈을 아끼지 말아야 한다는 것을 제대로 배운 셈이다. 요즘에는 가끔 택시를 타기도 한다. 예전에는 한 시간 정도의 거리면 늘 걸어 다녔지만, 이제는 시간당 생산성이 그만큼 높아졌기 때문이다. 시간을 사려고 돈을 지불할 때마다 내가 조금씩 발전하고 있다고 느껴져 그 돈이 아깝지가 않다.

선택지를 줄이고 가치 있게 써라.

스가와라 미치히토, 『뇌과학자의 부자 수업』(홍성민 옮김, 청림출판, 2018)

91,000,000,000

집중력을 해치는 것들은 여러 가지가 있다. 수시로 울리는 스마트폰, 너무 많은 정보, 유튜브부터 넷플릭스까지 흥미로운 이야기들이 자꾸만 쏟아진다. 하지만 집중력이 약하다고 말하는 사람들의 가장 큰 문제는 아직 '몰입하고 싶은 것'을 찾지 못한 게 아닐까.

좋아하는 일을 찾는 건 돈을 벌기 위해서도 몰입하기 위해서도 중요하다. 싫어하는 일이라면 '열심히'가 잘 되지 않기 때문이다. 좋아하는 일이어야 즐겁게 몰두할 수 있다.

책 한 권을 완성하려면 완전한 몰입의 시간이 필요하다. 그때는 친구와의 만남도, 재미있는 술자리도, 다른 사업에 대한 생각도, 큰돈을 벌어야 한다는 생각도 스톱이다. 아침부터 밤까지 오직 글쓰기를 위한 최적화된 스케줄을 만드는 데 집중해야 한다. 경쾌한 몸과 마음의 컨디션을 만들어 사람들과 나 자신에게 도움이 되는 글을 써 내는 게 최우선이다.

한국에선 단행본 한 권으로 큰 부자가 되긴 힘들지만, 글쓰기만 생각하고 있자면 정말로 꿈속에 사는 기분이 든다. 혼자 구름 위를 걷는 그런 기분. 그 몰입의 느낌이 좋아서 지금도 글쓰기에 가장 많은 시간과 에너지를 쏟는다. 글쓰기로 아직 큰돈은 벌지 못했지만, 덕분에 무리한 투자나 엉뚱한 사업은 피할 수 있었으니 그것대로 큰 의미가 있다.

경기는 점수판만 쳐다보는 선수들이 아니라 시험에 집중하는 선수들이 승리합니다. 주가를 보지 않고서도 토요일과 일요일을 즐겁게 보낼 수 있다면 평일에도 그렇게 해 보십시오.

워런 버핏, 『워런 버핏의 주주 서한』(로렌스 커닝험 엮음, 이건 옮김, 서울문화사, 2015)

92,000,000,000

2020년부터 시작된 불장●은 이후 연일 깊은 계곡을 만들었다. 그때 주식을 시작했던 친구들은 주식 앱 켜기가 두렵다고 하고 주식을 그만둔 지 오래라고 했다. 나 역시 그즈음 본격적으로 주식을 시작한 '동학 개미' 중 하나로, 주가가 하락 중인 종목이 많긴 하지만 그래도 주식은 여전한 나의 취미다.

매일 아침, 경제 신문을 빠지지 않고 읽어 낼 수 있게 하는 가장 큰 원동력이 바로 주식이다. 소액으로도 경제 감각을 익히고 인플레이션에 대응하며 노후 자금을 모아 갈 수 있는 가장 효과적인 방법 역시 주식이라 생각한다. 보통 주식 때문에 망했다는 경우는 크게 벌어 보겠다는 마음으로 빚을 내고 무리하게 투자한 경우다. 어떤 상황에서든 본인이 감당할 수 있는 선에서 욕심내지 않고 한다면 다양한 분야로 시야를 넓히기에 이만 한 공부가 없다.

그럼에도 많은 이들이 주식을 무서워한다. 하지만 애플이나 마이크로소프트, 구글, 코카콜라나 나이키 같은 회사가 나보다 먼저 망하기는 어렵다. 게다가 미국 주식을 사면 자연스럽게 미국 달러를 보유하게 되니 이 역시 큰 장점이다.

주식을 너무 어렵게, 혹은 너무 대단하다고 생각하지 말고 취미의 하나로 생각해 보면 어떨까. 취미 생활에는 돈이 든다. 낚시건 골프건 배드민턴이건 장비를 사고 배워야 하고, 그것을 즐기려면 돈을 써야 한다. 하지만 주식은 웬만해선 그 돈이 0원으로 사라지지 않는다. 오히려 돈을 벌어다 줄 수 있다. 그렇기에 매달 학원비를 낸다는 마음으로 안전한 기업에 투자해 보자. 물론 지금은 세계적으로 장이 좋지 않지만 결국 시장을 떠나지 않는 사람이 기회를 잡는 법이다.

●상승장을 의미함.

언제까지건 지금의 상황에 구속되어 있어서는 안 된다. '늘 창조적으로 일을 하는 것'이야말로 아메바를 성장시키고 나아가 회사 전체를 발전시킬 수 있는 가장 기본적인 행동 지침이다.

이나모리 가즈오, 『아메바 경영』(양준호 옮김, 한국경제신문, 2017)

93,000,000,000

두 아이를 키우고 있는 친구는 평소 어느 아파트 값이 얼마나 올랐는지에만 관심이 간다고, 매사 돈 생각을 뗄 수 없는 자신이 재미없고 속물 같다고 속상해했다. 아이 하나를 키우는 데는 실로 온 마을이 필요한 법인데 각박한 서울에서 본인의 일을 하며 아이 둘을 키워 내는 일이 어디 쉬울까. 부모는 한 아이의 커다란 세계고, 그 친구는 어떻게든 본인이 가진 시간과 자원 안에서 한 아이에게 안전한 세계를 만들어 주려고 최선을 다하는 중일 것이다.

비혼, 비출산에 만족하며 살고 있는 내 꿈은 '돈 많고 이상한 이모'다. 내 친구처럼 아이들의 세계를 만들어 줄 부모가 없거나 소외된 아이들에게 말 그대로 돈 많고 이상한 가족이 되어 주고 싶다. 아빠 하나, 엄마 하나로 이루어져 있어야 '정상 가족'이라고 외치는 세계 안에서 편안하게 숨 쉴 수 있는 작은 세계를 만들어 주고 싶다. 물론 그러려면 먼저 충분한 돈과 시간이 필요하다.

자신의 돈을 관리하듯
다른 사람의 돈을 관리하라.

존 롱고·타일러 롱고, 『워런 버핏의 위대한 부자 수업』(배지혜 옮김,
비즈니스북스, 2022)

94,000,000,000

계속되는 불경기에 트위터에만 올리던 경제 신문 요약을 인스타그램에도 올리기 시작했다. 아무래도 상황이 심상치 않았기 때문이다.

인스타그램에는 주로 소비와 관련된 피드가 올라온다. 주로 친구들과 가족 위주로 꾸려진 나의 인스타그램 피드도 마찬가지다. 따라서 인스타그램만 보다 보면 경제 위기를 알아채기 힘들다.

다양한 직업을 가진 사람들을 만나 이야기를 듣는 게 일이다 보니 나는 진작부터 위기에 대한 준비를 할 수 있었다. 하지만 직장을 다니며 아이를 챙기고 있는 나의 언니와 내 친구들은 이런 정보를 쉽게 얻지 못할 수도 있겠다 싶어, 매일 아침 뉴스 요약을 올려 보기로 했다. 처음에는 큰 반응이 없던 친구들도 조금씩 반응하기 시작했다. 이미 물가와 기름값, 대출 금리 등으로 위기가 명확하게 드러났기 때문이다.

"돈과 자원, 에너지를 아껴야 한다" 같은 이야기는 사실 하는 사람도 재미가 없다. 심지어 이런 이야기를 하는 사람을 감시하며 엄격한 잣대를 들이댄다. 남들처럼 근사한 곳에서 식사하고, 행복한 시간을 보내며 찍은 사진들을 올리는 게 확실히 더 아름답고 보기 좋다. 하지만 파도가 점점 높아져서 보트가 뒤집어지는 중인데 혼자 크루즈 안에서 유유히 스테이크를 썰며 풍경을 보는 삶이 과연 아름답다 할 수 있을까?

2022년 11월 기준, 금리가 1퍼센트포인트만 더 올라도 4대 보험을 제외하고 월급 전액을 대출 원리금으로 갚아야 할 사람이 120만 명이라고 한다. 그에게 딸린 가족들까지 생각해 본다면 정말로 심각한 상황이다. 얼마나 많은 가정이 직격탄을 맞을 것인가를 생각하면 잠이 오지 않을 정도다.

금전적 성공을 한 단어로
요약한다면 나는 '생존'이라고
말하겠다.

모건 하우절, 『돈의 심리학』(이지연 옮김, 인플루엔셜, 2021)

95,000,000,000

경제 위기 시기에는 어떻게 살아야 할까? 어느 날 그 답을 '어린이'에게서 찾았다.

어린이는 다른 사람의 도움을 받는 것을 두려워하지 않는다. 태어나자마자 이내 일어나서 걷는 야생 동물들에 비하면 인간은 태어날 때부터 누군가의 도움을 필요로 한다. 아이들은 타인의 필요를 알고 그의 도움을 전폭적으로 받아들일 줄 안다. 게다가 그들은 웃는 얼굴이 가진 힘을 너무나도 잘 안다. 아기와 어린이는 웃는 얼굴로 필요한 것을 얻고, 크게 우는 것으로 본인이 원하지 않는 것을 확실히 표현한다. 타인의 도움을 전폭적으로 받아들이되 본인의 감정을 정직하게 표현하는 것이 그들의 생존 능력이다.

이런 모습에서 위기 시대의 생존 법칙에 대해 깨달았는데, 그러고 보니 우리 모두 이미 그 시기를 거쳤으니 이 법칙을 다들 알고 있는 것 아닌가. 다만 금새 까먹어 버린 것이다. 이 기회에 다시 어린이의 마음으로 돌아가자. 도道의 가장 높은 경지는 동심이라고 했다. 어린이의 마음으로 돌아가는 것. 지금 우리에게 필요한 것은 이것이 아닐까?

국방력은 곧 경제력이다.

손자, 『손자병법』(김원중 옮김, 휴머니스트, 2020)

96,000,000,000

마흔 살 새해 기념으로 고른 책은 『손자병법』이었다. 마흔쯤 되고 보니 내 주변에도 소송 같은 법적 다툼을 경험하는 친구들이 생겨났다. 이혼 같은 개인 간의 문제가 소송으로 번진 경우도 있고, 사업이나 일을 하면서 피치 못할 싸움을 해야 하는 경우도 있었다. 나 역시 어릴 땐 친구들과 치고받기까지 하며 싸우기도 했지만, 성인들의 싸움이란 어릴 때와 많이 달랐다. 겉으로 봤을 땐 외상도 없고, 심지어 대신 싸워 주는 사람인 변호사까지 대동할 수 있지만, 결국 진흙탕 싸움이 된다.

소송을 경험해 본 친구들과 변호사 친구들이 말하길, 법적 다툼은 감정적으로 생각하면 안 된다고 했다. '시작 전부터 이미 결과는 판별난다'는 손자의 말처럼, 이기려면 충분한 자료를 미리 모아 두고 기간이 얼마나 길어질지 예상하여 그에 대비해야 한다고 말이다. 특히 소송과 같은 어른들의 싸움은 금전적 여유와 시간의 여유가 중요하다고 한다. 가장 좋은 건 역시 싸우지 않는 법이지만, 피할 수 없다면 제대로 준비해서 잘 싸우고 이기는 것이 중요하다. 손자 역시 싸움과 전쟁을 좋아하지 않으면서도, '어쩔 수 없이 전쟁을 해야 한다면 반드시 승리해야 한다'는 현실론자였다.

때론 먼저 사과하는 것이 가장 크게 이기는 것이란 말도 있지만, 피할 수 없는 싸움이라면 제대로 싸워 보는 용기도 필요하다. 물론 그러기 위해서도 돈이 필요하다.

자신의 힘을 느낄 때,
사람은 쉽사리 겁먹지 않으며
뭔가를 증명하려는 충동에
사로잡히지 않는다.

_____

데이비드 호킨스, 『의식 혁명』(백영미 옮김, 판미동, 2011)

_____

97,000,000,000

경상도에서 태어난 '82년생 김지영'의 친구들은 매 순간 가부장제와 크고 작은 전쟁을 치르며 커 왔다. 나 역시 마찬가지였다. 아빠 강상봉 씨와 나는 매일이 전시 상황이었다. 우리는 당최 서로를 이해할 수 없었다.

아빠는 본인도 학업 태도가 좋지 않았으면서 나에게 늘 학업을 강요했다. 상봉 씨가 생각하는 행복한 인생이란, 서울 명문대학교에 입학해서 고용 안정성이 높은 대기업이나 공기업에 들어가는 것이었다. 아니, 본인은 그 방식으로 살아 본 적도 없으면서 어떻게 그것이 행복의 공식이라 믿는지 이해할 수 없었다. 그렇다면 나는 대학부터 직장까지 아무것도 이룬 게 없는 불행한 사람이었다. 결혼도 하지 않고 아이도 없으니 아빠 기준으로는 완전히 실패한 인생이었다. 그랬기에 출간을 하고 작가가 되었어도 아빠는 나를 인정하지 않았다. 일단 작가로 돈을 거의 벌지 못했기 때문에 더없이 무시를 당했다. 무척 서러운 시절이었다.

그러나 이제는 다르다. 글을 써서 번 돈으로 매달 부모님께 용돈을 보낸다. 이제 아빠는 나를 보고 세상에서 제일 부러운 사람이라고 말한다. 좋아하는 일을 하며 그것으로 먹고사는 삶, 그것이 인생의 최고 행복인 것 같다며 말이다. 나 역시 그렇게 생각한다. 일명 '커리어 복권 당첨'. 무엇보다 이제는 아빠에게 나를 증명하려고 애쓸 필요가 없다는 것이 제일 좋다.

숫자가 증명해 주는 발전은
어떤 좋은 말이나 위로보다 강력하다.
객관적인 자기 평가는 놀랍도록
차갑지만, 그 객관성 때문에 무엇보다
믿을 수 있는 강한 확신이 된다.

진예지, 『독립은 잘 의지하는 거예요』(팜파스, 2021)

98,000,000,000

많은 사람들이 "회사 가기 싫다"는 말을 입에 달고 산다. 나 역시 그랬다. 그러다 '정말로 회사가 너무너무 싫다면 회사를 다니지 않고도 먹고사는 법에 대해 연구해 보면 되지 않을까?'라는 생각이 들었다. 마치 '방 탈출 게임'처럼 이제는 '직장 탈출 게임'을 시작해 보면 어떨까 하고 말이다.

서른여덟에 다시 시작한 치과 알바로 받는 내 월급은 200만 원이었다. 친구들에 비하면 너무나 작고 귀여운 월급. 하지만 놀랍게도 내가 직장을 탈출할 수 있었던 이유는 내 월급이 200만 원이었기 때문이다. 보통 월급이 적으면 소비 규모도 그만큼 작을 수밖에 없다. 퇴사 후 생활이 가능한 현금 흐름을 만들 때도 200만 원 정도만 구축하면 되니 오히려 유리했다.

일단, 직장을 탈출하려면 월급 외 부수입을 만들어야 한다. 일명 '소득의 파이프라인' 만들기. 나처럼 직장에서 몸값을 높이는 데 한계가 있는 사람이라면 어떻게든 월급 외 부수입을 만들어 보려 노력하길 바란다. '단기 고액 알바'같이 허황된 금액을 제시하는 곳은 대부분 사기꾼이니 그런 것들은 멀리하고, 주말을 이용해 카페나 장례식장 도우미, 편의점, 남의 집 개 산보 알바 등의 노동을 하는 편이 안전하다. 현재 우리 집에는 고등학교 졸업 후 경리 직원으로 일하며 27세에 1억 원을 모은 친구가 있다. 이 친구 역시 주말엔 맥도날드나 카페에서 알바로 부수입을 얻었다. 그 외에도 재능 판매 플랫폼에 올라온 다른 사람들의 다양한 재능 목록을 잘 살펴서 내가 해 볼 만한 것을 찾아보자. 무엇이든 작고 가볍게 도전해 보자. 그 작은 도전이 여러분을 좀 더 여유로운 세계로 인도해 줄 것이다.

**미래를 예측하는 가장 좋은 방법은
미래를 결정하는 것이다.**

―――――――――――――――――――

피터 드러커, 『프로페셔널의 조건』(이재규 옮김, 청림출판, 2012)

―――――――――――――――――――

99,000,000,000

얼마 전부터 일본에 사는 트위터 친구와 함께 『오늘부터 돈독하게』 일본어판 샘플 원고를 작성하고 있다. 원고를 들고 일본에 있는 출판사에 직접 찾아가서 일본 시장에 진출해 보려는 계획을 세웠기 때문이다. 보통 해외 출판이란 저작권 에이전시를 통해서 이루어진다. 이렇게 작가가 직접 찾아가는 경우는 아직 들어본 적이 없고, 따라서 성공 사례가 있는지도 모른다. 하지만 그냥 한번 해 보려는 것이다.

이 아이디어는 사실 내년 휴가를 계획하다 갑자기 떠올렸다. 단순한 여행보다는 뭔가 일과 관련해 해외를 방문하는 것도 좋겠다 싶었다. 가까운 해외 여행지 몇 군데를 꼽아 보다가 책 『미치지 않고서야』의 미노와 고스케가 떠올랐다. 열정적인 편집자, 본인 책까지 단숨에 베스트셀러로 만들어 버리는 매력적인 인물. 그를 만나고, 내 책과 원고를 들고 일본 출판에 관해 직접 이야기해 보고 싶다. 아직은 이 외에 아무런 계획이 없지만, 일단 번역이 끝나면 무조건 일본에 갈 것이다. 안 되면? 그것만으로도 잊지 못할 휴가가 될 것이다.

모든 개체들이 어울려 전체를
이루고, 각자가 서로에게 영향을
미치며 작용하면서 살아가고
있기 때문이에요. 이건 마치
화엄의 세계 같아요.

박웅현, 『다시, 책은 도끼다』(북하우스, 2016)

100,000,000,000

돈 공부를 시작하고 그해에만 150권이 넘는 책을 읽었다. 자기계발서나 실용서는 비교적 책장이 빨리 넘어가기도 했지만, 무엇보다 내가 몰랐던 이야기들이 많아 읽는 게 즐거웠다. 나는 어렸을 때부터 이야기를 좋아했고 지금도 그렇다. 재미있는 이야기는 언제나 활력을 준다.

그중 100권을 추려 그 안에서 딱 한 문장만 고르는 일은 힘들었다. 페이지를 넘길 때마다 좋은 문장이 넘쳐나는데 하나를 꼽기가 아쉬웠기 때문이다. 초고를 넘기고 돈과 직접적으로 관련 없어 보이는 책과 문장들이 더러 있다는 피드백을 받았지만, 분명한 것은 돈에 관련된 책만 읽어서는 절대로 돈을 벌 수 없다는 것이다. 돈이란 것은 결국 모든 것과 연결되어 있다.

100꼭지의 글을 고치면서는 그동안 내가 정말 좋은 책을 많이 만났구나 감탄하며, 나 역시 그런 책을 알리고 만드는 일을 할 수 있다는 사실에 감사했다. 사공영 편집자의 세심한 관찰 덕에 나의 생각을 더 알차게 채워 넣을 수 있었다. 역시 어떤 것도 혼자의 힘으로만 이룰 수는 없다는 것을, 다시 책을 통해 배운다.

돈의 말들
: 내일도 내 삶의 주인이 되기 위하여

2023년 2월 24일   초판 1쇄 발행

지은이
김얀

펴낸이   **펴낸곳**   **등록**
조성웅   도서출판 유유   제406-2010-000032호(2010년 4월 2일)

                 주소
                 서울시 마포구 동교로15길 30, 3층 (우편번호 04003)

전화   **팩스**   **홈페이지**   **전자우편**
02-3144-6869   0303-3444-4645   uupress.co.kr   uupress@gmail.com

                 페이스북   **트위터**   **인스타그램**
                 facebook.com   twitter.com   instagram.com
                 /uupress   /uu_press   /uupress

편집   **디자인**   **조판**   **마케팅**
사공영, 김정희   이기준   정은정   황효선

제작   **인쇄**   **제책**   **물류**
제이오   (주)민언프린텍   다온바인텍   책과일터

ISBN 979-11-6770-056-8 03810

194~195, 206~207쪽은 2022년 11월 롯데카드앱 '머니왕'에 게재한 칼럼을
수정 및 요약한 글입니다

습관의 말들

단단한 일상을 만드는 소소한 반복을 위하여

김은경 지음

좋아하는 일을 지속하기 위해
다사다망한 방송 일과 편집 일을
병행하며 시간을 효율적으로 쓰고
유익한 습관을 기르기 위해 분투해 온
편집자의 에세이. 밑줄 그으며 읽은 책,
치열하게 톺아본 원고, 스크랩해 둔
강연, 새벽 빗길을 뚫고 달려가 감상한
영화에서 누군가의 삶을 지탱해 준
단단한 문장들을 길어 올리고 자신의
하루를 반추하며 떠오르는 단상들을
담백하게 기록했다.
평범한 일상을 성실하게 살아가는
다부진 사람들의 이야기 속에서 독자는
좋은 습관의 필요성과 매일 자신을
한 걸음 더 성장시키는 습관의 힘을
여실히 느낄 수 있을 것이다.

책의 말들

다른 세계를 상상하고 공감하기 위하여

김겨울 지음

누구보다 먼저 눈에 띄는 신간을
발견하고 함께 읽자고 퍼뜨리는
성실한 독자, 책 읽는 사람은 물론
읽지 않는 사람까지 책의 세계로
끌어들이는 작가 김겨울이 자신을
책 가까이 머무르게 한 글과 장서를
엮어 내놓은 독서 에세이. 대중에게
김겨울은 '말하는 사람'이자 책과
독서를 '보여 주는 사람'으로
자리매김했지만, 이 책에서 김겨울은
'읽고 쓰는 사람'으로서 그간
대중에게 내보인 말과 행동 이면에
묻어 둔 생각을 100권의 책을 통해
풀어 놓는다. 책 좋아하는 이들은
물론 갈수록 책과 멀어지고 있는
이들, 주변 사람들을 책의 세계로
끌어들이고자 하는 이들 모두에게
유익한 자극을 준다.

걷기의 말들
일상이 즐거워지는 마법의 주문
마녀체력 지음

걷기 시작하며 인생이 바뀌었다고
이야기하는 마녀체력의 걷기 예찬서.
생각해 보면 걷기는 인간의 모든 의미
있는 행위를 상징하는 메타포다.
길을 가다, 나이를 먹다, 경력을 쌓다,
인생을 살다, 일어나다, 계속하다,
경험하다, 시도하다와 같은 단어들이
모두 '걷다'란 말로 환언된다. 그런 만큼
저자는 이 책에서 그간 걸어 온 수많은
길을 소환한다. 두 발로 걸어 다닌 집 앞
산책길과 전 세계 도보 여행지부터
30년 넘게 서로의 곁을 지켜 준
반려인과 함께 걸은 인생이라는 길.
엄마로서 아이에게 열어 보여 준
길과 딸로서 보고 배운 두 어머니의
한결 같은 삶. 책 만드는 편집자로
27년을 일하며 경험한 다채로운 지적
여정과 책 쓰는 작가로 살며 거닌 전국
책방 탐방길. 탄탄한 평지뿐 아니라
오르막과 내리막을 번갈아 타며 길
위에서 보고 느낀 모든 것을 담아냈다.

드라마의 말들
현재를 담아 미래를 비추는 거울
오수경 지음

시청자보다는 깊이, 평론가보다는
가볍게 드라마를 보면서 마치 책 읽듯
드라마를 감상해 온 '드라마 관찰자'의
기록. 드라마는 오랫동안 사랑받아 온
가장 흔한 대중문화이자 우리 사회를
가장 입체적이고도 재빠르게 재현하는
솔직한 장르다. 드라마 속에는 우리의
과거현재미래가 담겨 있다. 그런 의미
있는 드라마들을 되짚어 보며 드라마가
가져다준 일상의 위안, 깨우침의 순간,
성장의 계기들을 이야기한다.

번역의 말들
읽는 사람을 위한 번역 이야깃거리
김택규 지음

원서와 옥신각신 씨름하며 무수한
선택의 갈림길 앞에서 온전히 자신의
감각과 판단력을 믿고 나아가야 하는
언어기술자의 일. 25년 차 베테랑
번역가가 60여 권의 책을 번역하며
연구해 버린 통찰을 그득 담았다.
원서라는 미지의 세계를 개척하는
이의 분투기이자, 언어와 언어 사이를
기꺼이 헤매기로 결심한 첫 번째
독자의 번역 이야깃거리다.